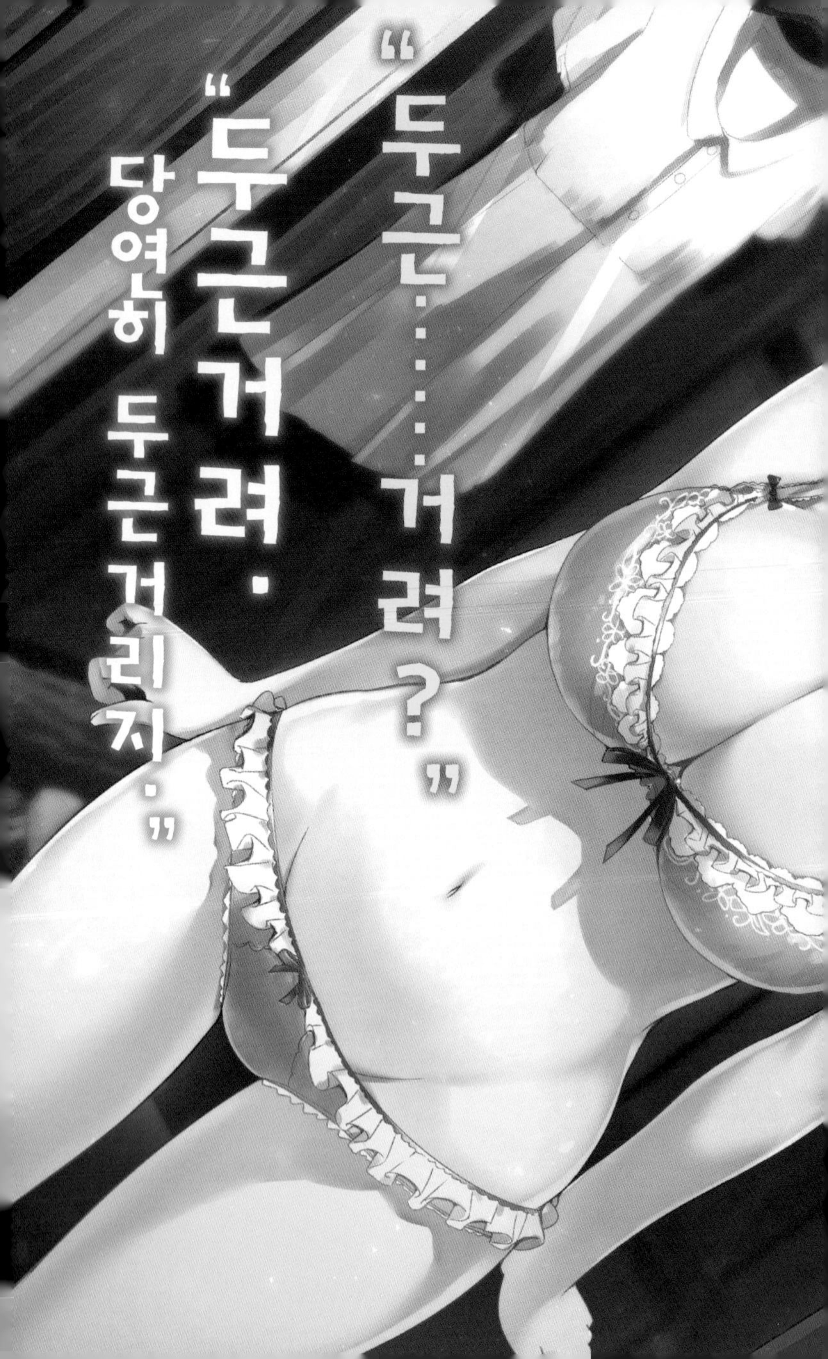
"두근……거려?"
"두근거려.
당연히 두근거리지."

피었다가 사라지는 큰 꽃송이. 뒤늦게 울리는 흐릿한 소리. 강변에서 쏘아 올린 불꽃이 서서히 밤하늘을 물들여 갔다.

"......예쁘다."
"......그러네요."

케이키도 덩달아 시선을 옮겼을 때

깜깜한 여름 하늘을 불꽃의 빛이 환하게 비추었다.

"아······"

목차

귀여우면 변태라도
좋아해주실 수 있나요?
4

하나마 토모 지음 | **sune** 일러스트 | **심희정** 옮김

컬러, 본문 일러스트 | sune

8월 상순. 맑게 갠 여름방학 아침.

케이키가 눈을 떴을 때 침대에 여자아이가 몰래 들어와 있었다.

"미즈하……."

단정한 얼굴에 귀여운 곱슬머리.

분홍빛 파자마를 걸치고 '새근새근' 편안한 숨을 내쉬는 여자아이의 이름은 키류 미즈하. 키류라는 성이 나타내듯 이 그녀는 케이키의 여동생이었다.

여동생이었는데—.

"……왜 난 여동생의 잠든 얼굴에 두근거리는 거야……?"

여동생이 침대로 숨어들어온 적은 몇 번인가 있었다.

지금까진 미즈하를 상대로 이런 기분이 든 적은 없었다.

그 원인은 알고 있다.

뇌리에 떠오르는 건 전날 실내 수영장에서의 사건.

수영장 관내 2층으로 이어지는 계단 층계참에서 케이키 는 미즈하의 치마를 위로 젖혔다.

물론 성희롱이 목적은 아니었다. 부실에 러브레터를 남긴 '팬티를 떨어뜨린 신데렐라'의 정체를 확인하기 위해서였다.

그리고 케이키의 예상대로 그녀는 신데렐라의 증거인 순 백의 팬티를 입고 있었다.

11

키류 미즈하야말로 케이키가 계속 찾아다닌 신데렐라였다.

(거기까진 순조로웠는데…….)

그 이후 두 사람 사이에 많은 대화가 오갔고 드물게 감정적으로 변한 미즈하가 기습적으로 케이키의 입술을 빼앗았다.

부드러운 입술의 감촉도.

맞닿은 그녀의 체온도.

익숙하지 않은 샴푸 향기도.

첫 키스의 기억은 선명하게 가슴속에 새겨졌다.

"……으아아……."

미즈하와의 키스를 떠올리고 침대 위에서 몸부림쳤다.

"것보다 왜 미즈하가 내 침대 위에 있는 거지? ……응?! 설마 어젯밤에 이 방에서 금단의 불장난이?! 아니, 하지만 그런 중요한 사건이 일어났다면 기억 못 할 리가 없잖아—."

"으응……."

그때 몸을 꿈틀대던 미즈하가 살짝 눈을 떴다.

"아……."

이쪽과 눈을 마주치자 그녀는 행복한 미소를 지으며,

"오빠…… 쪽."

그런 식으로 갑자기 오빠의 입술을 훔쳤다.

인생에서 두 번째인 그 입맞춤은 수영장 때처럼 정말 갑작스러웠고 마치 사랑스러운 연인에게 하는 것 같은 아주 달콤한 키스였다.

"……에헤헤, 또 해버렸네."

얼굴을 뗀 미즈하는 볼을 빨갛게 붉히며 부끄러운 듯 웃었다.

그에 비해 케이키의 표정은 굳어 있었다.

"……기……"

"기?"

"긴급 가족회의야아아아아아아!!"

그런 이유로 아침부터 가족회의가 열리게 되었다.

참가자는 침대에 정좌한 여동생과 그 맞은편에 똑같이 정좌한 오빠까지 두 사람.

의제는 물론 키류 가의 풍기문란에 대한 것.

"미즈하는 앞으로 키스 금지야!"

"에이 — ."

"그런 반응을 보일 때가 아니잖아. 애초에 왜 내 침대로 숨어들어온 거야?"

"……외로웠는걸. 요즘 오빠의 태도가 쌀쌀맞았으니까."

"그거야 여동생에게 갑자기 키스 받으면 쌀쌀맞게 되는 법이라고……."

수영장에서 여동생에게 고백을 받고 기습적으로 첫 키스까지 빼앗겼는데 평소처럼 행동할 수 있는 남자가 있다면 그 녀석은 제정신이 아닐 것이다.

"하지만 좋아하는 사람에게 키스하고 싶은 마음은 잘못된 게 아니라고 생각해."

"좋아한다니……."

"오빠는 나 말고 다른 여자랑 결혼할 거야?"

"뭐……?"

"내 입으로 직접 말하긴 좀 그렇지만 난 꽤 헌신하는 타입이야."

그건 물론 알고 있다.

미즈하는 요리도 잘하고 배려심이 많은 아이였다.

게다가 깔끔한 그녀는 집이 더러워지는 걸 놔두지 않았고 불결한 건 즉시 처벌한다는 슬로건을 내건 채 남매가 사는 집을 늘 청결하게 유지해줬다.

오빠의 방에서 야한 책을 찾아내도 웃는 얼굴로 못 본 척 해주고 상냥하고 헌신적이며 무엇보다 변태가 아니었다.

정말 남자가 그리는 이상적인 아내를 구현한 존재였다.

"……솔직히 미즈하는 귀엽고 엄청 매력적이라고 생각해."

"그, 그래……?"

칭찬받은 미즈하가 부끄러운 듯 뺨을 붉혔다.

그런 모습이 정말 끌어안아주고 싶어질 정도로 귀여웠다.

"하지만 연애대상이냐고 묻는다면……미즈하는 내 여동생이니까."

"하지만 피는 섞이지 않았잖아."

"윽……."

문제는 거기 있다.

전날 수영장에서의 사건 이후 케이키가 아버지에게 전화로 확인을 했고, 아버지는 케이키와 미즈하 사이에 피가 섞이지 않았다고 증언했다.

친여동생이라고 생각했던 여자아이는 의붓여동생이었다.

"피가 섞이지 않았으니까 아무렇지 않게 음란한 짓도 할 수 있어."

"음란한 짓?!"

"실제로 오빠는 내가 아닌 다른 여자에게 고백받은 적도 없잖아? 첫 키스 상대도 나고, 여동생을 선택하는 것도 나쁘지 않다고 생각해."

"아니, 그러니까……."

"오빠는…… 내가 싫어?"

"그거야……."

싫을 리가 없지.

미즈하를 좋아하고 사랑하고 있다고 말할 수 있다.

하지만 그건 가족을 향한 애정이며 그녀가 보내주는 호의와는 별개의 것이었다.

"난 오빠가 정말 좋아."

똑바로 케이키를 바라보며 미즈하가 사랑의 말을 내뱉었다.

"오빠는 날 여동생으로밖에 보지 않았을지도 모르지만.

난 오빠를 계속 남자로 보고 있었어."

"미즈하……."

"그리고 난 가슴도 꽤 큰 편이야."

"나, 나는 가슴 크기로 여자를 선택하지 않아."

"오빠가 갖고 있는 야한 책에는 가슴이 큰 여자들만 등장하던걸?"

"그걸 어떻게 알아?!"

"가끔 침대 위에 방치되어 있었으니까. 제대로 숨겼어야지."

"잘못했습니다!"

하지만 실제로 미즈하는 옷을 입으면 도리어 야위어 보이는 타입으로 실제로 벗으면 굉장했다.

수영장에서 몰래 관찰한 결과 신데렐라 후보였던 4명 중에서는 두 번째로 크다는 걸 알 수 있었다.

"……신경 쓰이면 시험해볼래?"

무심코 가슴 근처를 바라봤던 걸 들킨 건가?

미즈하는 침대 위에서 무릎을 세우고 손을 뻗어 오빠를 끌어안았다.

"잠깐, 미즈하?!"

"어때? 꽤 괜찮지 않아?"

"지금 그런 말을 해봤자!!"

솔직하게 말하자면 바짝 대고 있는 가슴은 굉장히 멋졌다.

옷 위로는 알 수 없는 상상 이상의 볼륨.

그런 걸 눌러대는데도 냉정을 유지할 수 있을 만큼 케이키는 남자를 버리지 않았다.

안 된다는 걸 알고 있지만 뿌리치지 못하고 가슴이 두근거려서 정말 미칠 것 같았다.

"후후, 오빠……."

어리광 부리는 듯한 목소리를 내뱉는 미즈하가 케이키의 품에 뺨을 부비부비 비벼댔다.

너무나도 귀여운 미즈하의 모습에 자신 안의 소중한 무언가가 무너지는 것 같았다.

(뭐야, 이거, 위험해! 나, 이대로라면 흥분해서 죽어버릴지도 몰라!!)

이건 이미 사이좋은 남매의 레벨을 뛰어넘고 있었다.

피가 섞이진 않았다고 해도 감각적으로 미즈하는 역시 여동생이었다.

그런 여자아이에게 키스 받고 끌어 안겨 있는 이 상황에 맹렬한 배덕감과 죄책감을 느끼는 한편, '동생도 나쁘지 않은 것 같아'라고 생각하게 되어버리다니 정말 긴급사태.

그렇지 않아도 아까부터 풍만한 가슴을 계속 눌러 대서 이성은 붕괴 직전, 다리 사이도 팽창 직전이었다.

여러 가지로 인내의 한계를 느끼며 오빠로서 더 이상 여동생의 폭거를 용납할 수가 없었다.

"미즈하……."

"오빠?"

그녀의 어깨에 손을 올리고 살짝 밀어냈다.

"미즈하가 그런 수단을 쓴다면 나에게도 생각이 있어."

"생각?"

멀뚱멀뚱 바라보는 동생을 향해 케이키는 소리 높여 선언했다.

"오빠— 가출할 거야!"

수영장에서 동생에게 키스를 받은 날.

집으로 돌아와 자신의 방으로 들어온 케이키는 즉각 아버지에게 전화를 걸었다.

『—네, 네, 여보세—?』

"여보세요, 아빠?!"

『으응?! 뭐야, 그렇게 급하게 무슨 일이야? 아, 아빠, 지금 바쁜데~.』

"아빠 일이 바쁘다는 이야기는 지금 아무래도 상관없거든."

『뭐야—? 갑자기 너무한 거 아니니?』

"긴히 할 말이 있어. 단도직입적으로 물어볼게⋯⋯ 나랑 미즈하는 의붓남매였어?"

『뭐? 아, 응. 그런데?』

"그렇게 쉽게?!"

충격적인 사실은 그렇게 쉽게, 너무나도 긴장감이 떨어지는 목소리로 알려졌다.

"미즈하가 의붓여동생이라니, 대체 어떻게 된 거야?"

『뭐야, 너 기억 안 나?』

"뭐?"

『아, 하긴 그렇겠구나. 아직 케이키도 미즈하도 어렸으니까. ⋯⋯사실 미즈하는 엄마 친구 딸이야. 벌써 10년 이

19

상 지난 일인가. 미즈하의 부모님이 사고로 돌아가시고 친척이 없었던 그 아이를 우리 집에서 맡기로 한 거야.』

미즈하의 친부모님은 사고로 돌아가셨다고 한다.

밝혀진 여동생의 과거에 가슴속으로 둔탁한 고통이 전해졌다.

"……즉, 미즈하는 우리 집 양자라는 거야?"

『그런 거지.』

"그렇게 중요한 걸 왜 지금까지 말해주지 않은 거야?"

『말할 필요 없잖아. 피가 섞이지 않았다고 해도 그 아이는 우리 가족이야. 나도 엄마도 미즈하를 친딸이라고 생각하고 있고.』

"아빠……."

『그리고 솔직히 말해서 아들보다 딸이 훨씬 더 귀엽잖아.』

"그딴 속마음은 듣고 싶지 않거든!"

분노와 함께 전화를 끊었다.

한순간이지만 아버지를 멋있다고 생각했던 자신을 때리고 싶었다.

하지만 원했던 정보는 알아낼 수 있었다.

"정말 피가 섞이지 않았구나……."

부모님께 확인한 사실이니 틀림없겠지. 케이키와 미즈하 사이에 피는 섞이지 않았다.

믿을 순 없지만 그렇게 말하니 납득이 가는 점이 몇 가지 있었다.

가장 먼저 떠오른 건 남매인데도 전혀 닮지 않은 외모.

케이키는 평범한 외모였지만 여동생은 굉장한 미인이
었다.

오빠는 직모인데 비해 여동생은 사랑스러운 곱슬머리였다.

공원에서 만난 건방진 야구소년이 '전혀 닮지 않았다'고
말한 적도 있었다.

게다가 이전에 탈의실에서 옷을 갈아입던 미즈하와 우연
히 마주쳤을 때 케이키는 여동생의 알몸에 가슴이 설렜던
적이 있다. 지금 생각해보면 그건 몸과 마음이 본능적으로
그녀를 '이성'으로 인식한 결과일지도 모른다.

피가 섞이지 않은 이성에게 두근거리는 건 오히려 평범한
반응이었다.

"……하아."

깊은 한숨을 쉬며 침대에 벌러덩 누웠다.

"……러브레터를 쓴 게 여동생이었다니, 보통 그런 생각
은 못 하겠지……."

미즈하가 양자에다 피가 섞이지 않았다니.

많은 이야기들이 단숨에 쏟아져 나와 정리할 수 없는 게
지금 실정이었다.

다만 미즈하가 의붓여동생이라면 그 러브레터의 의미가
근본부터 뒤집히게 된다.

아무리 귀여운 여자아이라고 해도 미즈하는 여동생이었다——.

그렇게 생각했기 때문에 케이키는 그녀의 마음에 오빠로서 대답할 생각이었다.

그런데 실은 의붓여동생이라니, 그건 예상 밖의 일이었고 물론 이런 경우의 대답 따위 준비되어 있을 리가 없었다.

"난 앞으로 어떻게 해야 해……?"

피가 섞이지 않았으니 사귄다고 해도 OK?

귀여우면 의붓여동생이라 해도 문제가 없다고?

아니, 하지만 사람들에 대한 체면도 있고 애초에 서로의 마음이 중요하니까——.

"게다가 역시……이제 와서 친동생이 아니라고 해봤자……."

10년 이상이나 가족으로 함께 살아온 여자아이를 갑자기 이성으로 볼 수 있을 리가 없었다.

부실에서 발신인 불명의 러브레터를 발견한 이후 3개월.

드디어 찾아낸 발신인은 여동생이었고 여동생은 의붓여동생이라고 판명되며 러브레터부터 시작된 신데렐라 스토리는 생각지도 못한 방향으로 흘러가고 있었다.

◇

가출 선언으로부터 2시간 후인 오전 10시 무렵.

개점 직후의 커피숍, 그 안쪽 자리에 케이키를 포함한 세 명의 남녀가 앉아 있었다.

　테이블을 사이에 두고 케이키 맞은편에 앉은 건 아키야마 쇼마와 오오토리 코하루 커플(예비).

　남자 두 명은 여름을 느낄 수 있는 적당히 가벼운 차림으로, 코하루는 연한 파란색 원피스에 오늘은 파카가 아닌 카디건을 걸치고 있었다.

　문자로 소집했지만 두 사람은 싫은 기색 하나 없이 모여 주었다.

　"키류가 예상한 대로 신데렐라의 정체는 여동생이었군요."

　"게다가 설마 미즈하가 의붓여동생일 줄이야."

　아이스커피 3잔을 주문한 후 케이키는 최근 일어난 일들을 두 사람에게 이야기했다.

　수수께끼에 쌓여 있던 신데렐라의 정체가 판명된 것.

　그 정체가 케이키의 여동생이었던 것.

　특히 미즈하가 의붓여동생이었다는 건 역시 예상 밖의 일이라 코하루도 쇼마도 놀라움을 감추지 못하는 모습이었다.

　"계속 같이 살면서 지금까지 눈치 채지 못했다니, 정말 명청하다니까."

　"뭐, 듣고 보니 남매인데도 전혀 닮지 않았잖아."

　"같은 학년이라고 하길래 난 틀림없이 쌍둥인 줄 알았어."

　"코하루 선배의 사진 덕분에 신데렐라를 특정할 수 있었던 것까진 좋았는데…….”

부실에 러브레터가 남겨진 날, 코하루가 촬영한 사진 속에 먼저 하교했어야 하는 미즈하가 찍혀 있었던 사실로부터 신데렐라의 정체에 도달할 수 있었다.

“그래서 케이키가 거절하려고 했는데 미즈하가 친동생이 아니라는 새로운 사실이 발각됐고.”

“게다가 첫 키스까지 빼앗겨서 결국 대답은 유야무야가 되고 두 사람의 관계가 어색한 채 지금에 이르렀다— 그거군요.”

“정리해보면 대충 그런 느낌이에요.”

“신데렐라의 정체가 왕자님의 여동생이라니……이건 또 소설 같은 전개네.”

“지금까지 계속 가족으로 대해왔는데 갑자기 피가 섞이지 않았다고 해봤자 곤란할 뿐이라니까. 게다가 날 좋아한다면서 갑자기 키스하고. ……이제 뭐가 뭔지 모르겠어.”

으아—하며 좀비 같은 소리를 연성한 케이키가 테이블에 푹 엎드렸다.

“하지만 미즈하는 내가 봐도 굉장히 괜찮은 아이라고 생각해.”

“물론 미즈하는 미인에다 귀엽고 상냥하고 배려심이 깊고 가정적이고 하나도 나무랄 데 없는 아이지만…….”

“아이지만?”

"미즈하는 내 동생이야."

"하지만 피는 섞이지 않았다며?"

"그렇다고 해도 갑자기 이성으로 볼 순 없다니까."

"뭐, 확실히 그럴지도 모르겠다. 어려운 문제네."

납득하는 쇼마 옆에서 이번에는 코하루가 조심스럽게 입을 열었다.

"내 입장에선 오빠와 여동생의 금단의 사랑 같은 건 좀 동경하게 되는데."

"코하루 선배는 의외로 가십을 좋아하는군요."

"여자들은 다들 사랑 이야기에 굶주려 있으니까요."

"그렇군요. 그런 코하루 선배는 쇼마와 어디까지 갔어요?"

"네에?!"

이상한 소리를 지르며 머뭇머뭇 의미심장하게 몸을 흔드는 코하루.

음료수를 빨대로 빙빙 휘젓는 게 노골적으로 거동이 수상했다.

"……응? 그 반응은 뭐예요? 서, 설마……두 사람 벌써?"

초등학생으로밖에 보이지 않는 코하루였지만 그녀는 고등학교 3학년 소녀.

겉모습은 그렇다고 보여도 연령적으로는 그런 일이 있다고 해도 아무런 문제가 없었다.

젊은 남녀가 사귀고 있으니까 서로 몸을 주체하지 못하는 일도 있을 거고 게다가 계절은 여름. 둘이서 함께 간 해변에서 개방적인 기분에 취해 어른스러운 관계가 되었다고 해도 이상할 건 없었다.

"……꿀꺽."

많이 긴장한 건지 케이키가 침을 삼켰다.

긴장한 분위기 속에서 뺨을 새빨갛게 붉힌 코하루가 입술을 움직였다.

"실은 얼마 전에 쇼마가 뺨에 뽀뽀를 해줬어요!"

"초등학생이냐?!"

양손을 뺨에 올리고 '꺄아~' 하며 기쁜 듯 소리치는 상급생이 너무 귀여웠다.

"무서웠어……. 난 틀림없이 학교 수영복 차림의 코하루 선배를 앞에 두고 쇼마가 자신을 억누르지 못한 건 아닌가 하고……."

"케이키는 대체 날 뭐라고 생각하는 거야?"

"로리콘이잖아."

"응. 뭐, 그렇긴 하지만."

로리콘이라는 불명예 딱지를 시원스레 인정해버리는 꽃미남.

바보 같은 대화의 캐치볼 속에 커피 속 얼음이 어이가 없다는 듯 달그락 소리를 울렸다.

"아까 이야기로 돌아가서. 케이키는 지금 한창 가출 중이

라는 거지?"

"여러 가지로 정리가 안 돼서. 생각할 시간이 좀 필요해."

"역시나."

"그래서 오늘 머물 곳을 찾고 있는데 쇼마네 집에서 자면 안 될까?"

"도움이 되고 싶은데……실은 지금 사촌 형이 놀러와 있거든."

"아……그럼 무리겠네."

쇼마의 사촌 형은 대학생으로 케이키처럼 한창 여름방학 중인 듯했다.

친척이 숙박하고 있는 친구네 집에 찾아갈 만큼 강철의 정신은 갖고 있지 않았다.

"그럼 우리 집은 어때요?"

"네? 괜찮을까요?"

"네, 방이라면 많이 비어 있으니까요."

역시 부잣집 딸이구나. 방의 개수로 볼 때 서민과는 많이 다른 것 같았다.

"그럼 사양 않고 신세 좀 져도 될까요?"

"코하루의 집에서 자겠다고……?"

"웃?! 살기?!"

차가운 살기를 느끼고 시선을 돌리자 친구가 핏발이 선 눈으로 이쪽을 보고 있었다.

"……뭔가 질투의 시선이 너무 무서워서 선배의 집은 사양할게요."

"그래요?"

"코하루 선배, 사랑받고 있네요."

"???"

아무래도 이 커플(예비)의 관계는 양호한 것 같았다.

로리콘인 쇼마가 연상의 코하루와 잘 지낼 수 있을지 걱정이었는데 이대로 순조롭게 사랑을 키워나간다면 진짜 커플이 될 수 있는 날도 멀지 않겠지.

두 사람의 친구로서 솔직히 기뻐할 일이었다.

쇼마와 코하루와 헤어진 후 가출소년은 근처 공원에서 망연자실해 하고 있었다.

"……기세 좋게 가출했는데 지금부터 어쩌지……?"

벤치에 앉아 생각하는 건 절실한 문제.

키류 케이키의 가출 계획은 전혀 플랜이 없었고 소지품이라곤 스마트폰과 얇은 지갑뿐.

학생 신분으로 호텔에서 머물 만큼 윤택한 자금이 있을 리가 없었다.

"……더워……에어컨이 필요해……."

벌써 8월이니까 더운 건 당연했고 여름 햇살이 무방비한 피부를 전력을 다해 태우고 있었다.

요즘 주위에선 자외선이 위험하다고 시끄럽게 떠들고 있었고 열사병에 걸리는 젊은이들도 많다고 들었다.

몸을 생각하면 금방이라도 냉방이 잘 되는 집으로 돌아가야겠지만 스스로 집을 뛰쳐나온 입장에서 돌아갈 마음은 쉽사리 생기지 않았다.

(애초에 아직 아무것도 해결되지 않았고…….)

의붓여동생이라고 판명된 미즈하를 어떻게 대할 것인가.

그녀의 고백에 어떤 대답을 내릴 것인가.

그런 문제에 대한 마음은 아직 허공을 둥둥 떠다니고 있었다.

"……그러고 보니, 전에 이 벤치에서 미즈하와 아이스크림을 먹었었지."

그건 분명 서예부에 유이카와 마오가 입부한 날의 일.

하교 중에 장을 보고 오던 미즈하와 만나 새로 생긴 가게에서 산 아이스크림을 둘이서 먹었다.

그 무렵에는 설마 그녀가 오빠에게 연애감정을 갖고 있을 거라고는 생각지도 못했지만.

"계속 함께 있었는데 난 미즈하를 전혀 이해하지 못한 걸지도 몰라."

자신에게 보여주는 미소의 의미도.

그녀가 지금까지 어떤 마음으로 함께 살고 있었는지도.

케이키가 보고 있었던 건 키류 미즈하라는 소녀의 아주

일부뿐이었을지도 모른다.

"─뭐야, 키류잖아?"

"응? 난죠?"

그런 그에게 말을 걸어온 건 같은 반의 난죠 마오였다.

안경을 쓴 마오는 촌스러운 체육복 차림에 밤색 머리는 푸석푸석했고 마치 마지막 총력을 쏟고 있는 재수생 같았다.

편의점 비닐봉투를 손에 들고 다가온 그녀는 당연한 듯 옆자리에 앉았다.

"키류는 이런 곳에서 뭐 하는 거야?"

"난죠야말로 소녀로서 있을 수 없는 그 차림은 어떻게 된 거야?"

"아, 너무 힐끔거리면서 보지 마. 어쩔 수 없잖아, 철야 직후니까."

"철야 직후?"

"소녀만화 쪽이 좀 슬럼프라서. 기분 전환 삼아 이벤트용 BL책을 그렸는데 연필을 놓을 수 없어서 그대로 밤을 새고 말았지."

"아, 그랬어……?"

"그랬더니 역시 배가 좀 고파서 먹을 것 좀 사러 나온 거야."

"그러고 보니 슬슬 점심 먹을 시간인가?"

점심이라는 단어에 반응한 것인지 케이키의 배가 생각난

것처럼 작게 울렸다.

"키류도 배고파?"

"실은 아침부터 아무것도 못 먹었거든."

"그래? 단팥빵밖에 없는데 먹을래?"

"……갑자기 난죠가 여신으로 보여."

"빵 정도로 호들갑 떨지 마. 체육복 차림의 여신은 없으니까."

그 이후 두 사람은 묵묵히 빵을 베어 먹었다.

배가 고파서였을까 편의점 빵이 아주 맛있게 느껴졌다.

"그런데 키류, 무슨 일 있었어?"

"응? 왜?"

"이런 곳에서 그렇게 알기 쉽게 침울해하고 있으면 누구든 알 수 있어."

"아……실은 지금 미즈하랑 좀 어색한 상태라서."

"뭐야, 싸우기라도 했어? 어차피 키류가 미즈하에게 음란한 짓이라도 한 거지? 욕실을 엿봤다거나, 팬티를 훔쳤다거나."

"넌 날 뭐라고 생각하는 거야?"

"중증 시스터 콤플렉스라고 생각하는데."

"그렇군."

그렇게 말하면 반론의 여지가 없었다.

"뭐, 아무리 사이가 좋아도 싸움 정도는 하겠지. 나도 엄마랑 종종 말다툼을 하기도 하니까."

"그래?"

"빨래 개는 법이 마음에 안 든다거나 밥이 맛이 없다거나 별 것 아닌 싸움뿐이지만. 가족들은 원래 그런 거라고 생각해."

"난 미즈하와는 별로 싸운 적이 없는데."

"그건 상대가 참고 있었던 거 아니야? 미즈하는 고집을 부리지도 않잖아?"

"……그럴지도 모르겠다."

상냥하고 배려심이 깊은 미즈하는 불평을 하거나 화내지 않았다.

마오가 말한 것처럼 미즈하는 고집을 부린 적도 없었다.

그런 그녀가 케이키에 대해서는 강경한 태도를 보였다. 그건 즉 케이키의 존재가 그만큼 그녀 안에서 큰 비중을 차지하고 있다는 뜻—.

"미즈하도 남자애들한테 인기 많아."

"그래?"

"눈에 띄는 타입은 아니지만 귀여우니까. 대인 관계도 좋고 누구에게나 상냥하고 여자애들도 남자애들도 좋아할 만한 타입이지. 고등학교에 들어온 이후로 몇 번인가 고백을 받은 것 같던데."

"진짜……?"

"뭐, 한 번도 OK한 적 없는 것 같지만."

"아, 그렇구나……."

"왜 그렇게 노골적으로 안심하는 거야? 정말 시스터 콤플렉스라니까."

"미안하다, 시스터 콤플렉스라서."

―하지만 어째서지?

미즈하가 누군가에게 고백받는 장면을 상상하면 왠지 굉장히 기분이 나빠졌다.

그건 지금까지 품은 적 없는 감정으로 내가 왜 그러는지 알 수가 없었다.

"저기, 실은 나도 키류에게 상담할 게 있었는데 괜찮을까?"

"상담?"

"아니― 정말 별건 아닌데 시간을 좀 내주면 기쁠 것 같아."

"뭐, 별로 상관없어."

"정말? 잘됐다."

마오가 어린애처럼 천진난만하게 웃었다.

그런 그녀의 손에는 어느 샌가 스케치북과 연필이 들려 있었다…….

"그럼 단팥빵 값을 받아볼까? ―키류의 몸으로."

"뭐……?"

"자, 얌전히 팬티를 벗어봐!"

"잠깐만, 무슨 말을 하는 거야?"

"정말 둔하다니까. 너의 남근을 묘사하게 해달라는 말이야."

"대체 무슨 말 하는 거야?!"

"후후후……이런 기회는 좀처럼 없으니까. 키류의 바나나를 데생해서 신간의 참고 자료로 써줄게!"

"단호히 거절할게!"

"왜 부끄러워하는 거야? 키류 주제에 귀엽지 않다니까. ……우헤헤. 이럼 어떻게 해서든 꼭 벗기고 싶어지잖아!"

"이런, 이 녀석 완전히 철야 직후의 분위기잖아?! ……잠깐만! 바지에 손대지 마!"

그러고 보니 마오는 어젯밤부터 잠들지 못했다고 했다.

수면 부족은 사람을 이상하게 만든다.

안 그래도 평소부터 이상한데 오늘 마오 선생님은 평소 이상으로 흥분한 상태였다.

"좋지 아니한가~ 좋지 아니한가~."

"싫어어어어어어어어어어어어어!!"

동급생 여자아이가 밖에서 바지를 벗기려고 했고 케이키는 필사적으로 그 자리에서 도주했다.

"……하아, 하아……아아, 쓸데없이 체력을 소비해버렸네……."

5분 정도 뛰었을까?

인도 중간에 있는 전신주에 손을 대고 가쁜 숨을 골랐다. 다행히 부녀자는 쫓아오지 않았다.

리얼한 남성기를 데생하고 싶었던 모양인데 제정신이 아

니라고밖에 생각할 수 없었다.

"……애초에 난 어째서 가출 같은 걸 한 거지?"

어째서 그 집에서— 미즈하에게서 도망친 거지?

직접적인 원인이 된 건 신데렐라의 정체가 미즈하였다는 것이었다.

계속 찾고 있던 러브레터의 발신인은 여동생이었고 그녀는 오빠를 좋아한다고 말했으며 자신들은 피가 섞이지 않았다고 했다.

미즈하가 자신의 마음을 고백한 이상 아무리 노력한다 해도 지금까지와 같은 관계로는 돌아갈 수 없었다.

그 마음을 받아들이든 거절하든.

분명 이제 이전처럼 그녀를 대할 수는 없을 것이다.

분명 이제 단순한 남매로는 돌아갈 수 없을 것이다.

그건 케이키에게 자신이 생각한 것 이상으로 큰 상실이었다.

"아아, 그래— 난 그저 대답을 내는 게 무서웠던 것뿐이야."

미즈하와 보낸 시간이 너무 행복해서 그 행복이 앞으로도 계속될 거라고 믿었다.

하지만 그녀가 신데렐라라는 사실로 평온한 일상은 종말을 고했다.

케이키가 답을 내리면 지금 현재는 간신히 유지되고 있는 둘의 관계도 안전히 망가지게 되겠지.

수영장에서 그녀의 정체를 파헤쳤을 때 이렇게 될 각오는 하고 있었을 텐데.

뚜껑을 열어보니 이런 식이라 전혀 각오할 수 없었던 것이다.

그걸 깨달은 순간 차가운 물방울들이 하늘에서 쏟아졌다.

"비……."

아까까진 그만큼 날씨가 좋았는데 어느 샌가 하늘은 잿빛으로 물들고 세상은 완전히 어두컴컴해져 있었다.

비는 금방 억수같이 쏟아졌고 손쓸 방도가 없는 기세로 내렸다.

당연히 케이키에게 우산 같은 건 없었다.

이 근처는 주택가라 근처에 비를 피할 만한 장소는 없었고 여기서라면 자신의 집에 뛰어 들어가는 게 빠를 것이다.

"……돌아갈까?"

이렇게 키류 가 장남의 가출은 반나절도 지나지 않아 어이없이 종료.

비는 그칠 기미를 보이지 않았고 집에 도착할 때쯤에는 온몸이 흠뻑 젖고 말았다.

◇

다음날 아침 케이키는 자기 방 침대에 누워 있었다.

"—38.5도. 열이 꽤 심하네."

체온계를 확인한 미즈하가 걱정스러운 듯 말했다.

감기가 악화된 원인은 틀림없이 비에 젖었기 때문이겠지.

"죽을 만들어 왔으니까 조금이라도 먹어. 안 먹으면 약을 못 먹잖아."

"……미안, 미즈하."

"환자는 그런 거 신경 안 써도 돼."

상냥한 미소로 미즈하는 직접 만든 죽을 떠먹여주었다.

쑥스러워할 기운도 없었던 케이키는 묵묵히 그걸 받아먹고 약까지 먹은 다음 다시 침대에 누웠다.

눈을 감자 들려오는 건 희미한 빗소리.

오늘도 새벽녘부터 비가 내렸고 그것 때문인지 8월임에도 불구하고 쌀쌀했다.

이 급격한 기온차도 컨디션을 나쁘게 한 요인일지도 모르겠다.

"……머리가 징징 울려…… 잘래……."

미즈하가 가지고 온 모포 속에서 케이키는 스르르 잠들었다.

그리고 다시 눈을 뜬 건 오후 무렵이었다.

"……어라?"

방에 미즈하의 모습은 보이지 않았고 대신 긴 흑발의 소녀가 침대 옆에 앉아 있었다.

블라우스에 치마를 맞춘 사복 차림. 방석 위에 아름답게
정좌한 토키하라 사유키가 눈을 뜬 케이키를 알아봤다.

"어머, 일어났네. 몸은 어때?"

"그게⋯⋯좀 편해졌어요."

"그거 다행이네."

"사유키 선배는 어떻게 여기?"

"슈퍼에서 미즈하를 만났거든. 그런데 케이키가 감기에
걸렸다기에 문병 왔어. ⋯⋯아, 미즈하라면 점심 준비하고
있어. 정말 성실한 여동생이야."

"그러게요. ⋯⋯정말."

부모님이 일 때문에 집에 안 계시는 키류 가에선 옛날부
터 케이키가 감기에 걸렸을 땐 미즈하가 옆에 붙어서 간호
해줬다.

당시를 떠올리니 가슴 안쪽이 따뜻해졌다.

"그래서 내가 점심이 완성될 때까지 케이키를 간호하러
온 거야."

"아니, 선배가 그렇게 할 이유는⋯⋯."

"괜찮아. 곤란할 땐 서로 도와야 된다고들 하잖아. 바로
간호해줄게."

그렇게 말하며 일어난 사유키는 천천히 팬티를 벗었다.

"선배?! 뭐 하는 거예요?!"

"뭐냐니, 팬티 벗고 있는데?"

"왜 벗는 거예요?!"

"케이키가 빨리 건강해지길 바라니까. 남자라면 여자가 벗은 팬티로 바로 기운이 나게 될 거야."

"팬티는 에너지 드링크가 아닌데요……."

"자, 거리낌 없이 나의 팬티를 즐겨도 돼. 킁킁거려도 되고 할짝거려도 되고 뭣하면 입어 봐도 상관없어."

"그런 짓 안 할 거거든요?!"

"그런 바보 같은……케이키만큼 레벨이 높은 남자라면 맛있게 즐겨줄 줄 알았는데."

"선배에게 난 대체 어떤 변태인 건가요……?"

"흐음, 팬티는 마음에 안 드는 거지? 그럼 정공법이 좋을지도."

"정공법?"

"이렇게 하는 거야."

팬티를 다시 입은 사유키가 모포 속으로 들어왔다.

그리고 어리광 부리는 고양이처럼 몸을 찰싹 밀착시켰다.

"선배……뭐 하는 거예요?"

"같이 자려고. 오늘은 좀 쌀쌀하니까 귀여운 애완동물처럼 주인님을 따뜻하게 해주려고."

"아니, 확실히 따뜻하긴 하지만……."

"식사가 준비될 때까지 좀 더 쉬어도 돼. 케이키가 잠들

때까지 이렇게 있어 줄게."

"그렇게 말해도……."

부끄럽고 긴장돼서 전혀 잠이 올 것 같지 않았다.

"후후. 케이키도 참, 얼굴이 빨개졌어."

"누구 때문인데……."

푸념하듯 투덜거리자 갑자기 사유키가 머리를 쓰다듬었다.

"선배?"

"케이키, 수영장에서 놀았을 때 비키니를 잃어버린 나를 도와줬잖아?"

"아, 그런 일도 있었네요."

모두와 함께 수영장에 갔던 날 파도풀에서 비키니를 놓친 사유키의 몸을 가리기 위해 순간적으로 그녀를 끌어안았었다.

지금 생각해보면 대담한 일을 한 것 같아.

"서예부가 폐부될 뻔했을 때도, 수영장에서도 늘 도움만 받는 것 같아. 난 글자를 쓰는 것밖에 못하고 미즈하처럼 요리도 못하니까 이렇게 옆에 있어 주는 것밖에 할 수 없지만. 그래도 케이키를 위해 뭔가 하고 싶었어."

"사유키 선배……."

지근거리에서 내놓은 말에 가슴이 심하게 뛰었다.

이 사람은 가끔 이런 말을 던져서 미워할 수가 없었다.

"그러니까 케이키가 원한다면 내 가슴에 얼굴을 묻어도 돼."

"나의 감동을 돌려주세요. ……하지만 그럼 조금만 머리를 쓰다듬어주시겠어요?"

"쉬운 일이네."

솔직하게 어리광부리자 그녀는 기쁜 듯 미소 지었다.

간질거리는 기분으로 케이키가 눈을 감는데—.

"……새근……새근……."

"선배가 잠들어버렸네."

함께 누운 지 몇 분 만에 사유키가 격침되고 말았다.

큰 가슴을 후배에게 바짝 댄 채 꿈의 세계를 여행하게 된 상급생을 어떻게 해야 할지 고민하고 있는데 방문이 철컥하고 열렸다.

"오빠, 일어났어?"

"아……."

그건 정말 최악의 타이밍이었다.

문을 연 여동생의 눈에 비친 건 사랑하는 오빠와 오빠에게 딱 붙어서 잠든 흑발 미녀.

그 상황에 점심식사가 놓인 쟁반을 들고 있던 미즈하가 빙글 발길을 돌렸다.

"좋은 시간 보내~."

"오해야! 정말 오해라고!"

웃는 얼굴로 방을 나서려는 여동생을 필사적으로 불러 세우자, 그녀는 정말 깊은 한숨을 내쉬며 돌아보았다.

"오빠, 대체 어떻게 하면 그런 상황이 되는 건데?"

"선배가 멋대로 들어온 것뿐이야……혹시 미즈하, 화났어?"

"아니. 누구와 뭘 하든 오빠 마음이니까."

"그, 그래……?"

"자, 빨리 먹고 약 먹어야지."

"응……."

아슬아슬한 분위기 속에서 점심을 먹고 오빠가 약을 먹는 걸 확인한 미즈하는 식기를 들고 방을 나섰다.

그 뒷모습을 배웅한 케이키는 다시 자리에 누웠다.

"……아……또 멍해졌네……."

식욕이 없어서 점심은 많이 먹지 못했다.

고등학생이 된 이후로는 감기에도 별로 걸리지 않았기 때문에 잊고 있었다.

열이 나면 힘들다는 당연한 사실을.

참고로 사유키는 일어날 기색이 전혀 보이지 않았고 옆에서 새근새근 잠들어 있었다.

"여전히 마이페이스인 사람이네……."

기분 좋게 잠든 그녀의 뺨을 꾹꾹 찌르고 있는데 방문이 열리고 작은 체구의 여자아이가 들어왔다.

"……컨디션이 안 좋다고 들었는데 건강해 보이네요."

"유이카?"

같은 위원회와 서예부에 소속된 후배 코가 유이카.

금색 머리를 휘날리며 방으로 들어온 그녀는 딱딱한 표정을 지어보였고 파란 눈동자는 케이키를 향하고 있었다.

"마녀 선배와 뭐 하는 거예요?"

"난 아무 짓도 안 했어. 이 사람이 멋대로 들어와서 잠든 것뿐이라고. 유이카야말로 어떻게 여기 있는 거야?"

"마녀 선배에게서 케이키 선배가 아프다는 문자가 와서 병문안 온 거예요."

"단순한 감기일 뿐인데."

"환자가 강한 척하지 마세요. 지금 케이키 선배, 안색이 엄청 안 좋아요."

"뭐, 확실히 몸은 좋지 않은 것 같아……."

"아아, 정말 이렇게 약해져서는……하지만 그런 선배도 나쁘진 않네요."

"아, 미안. 지금은 그런 걸 받아줄 기운이 없어."

멍한 얼굴로 수상한 대사를 내뱉는 후배를 견제하자 그녀는 얌전히 침대 옆에 앉았다.

"일단 병문안 선물을 갖고 왔어요."

"그렇게 신경 안 써도 되는데."

"아뇨, 아뇨, 선배가 약해져 있는 동안 이걸 채워보려고요."

유이카가 가방에서 꺼낸 건 빨간 목줄이었다.

꽤 튼튼하고 견고하게 만들어진 애완견용으로 보이는 멋진 목줄이었다.

"……이건?"

"애완동물용 목줄이에요."

"일단 물어보겠는데 왜 목줄이야?"

"괜찮아요. 선배는 유이카가 책임지고 귀여워해줄 테니까."

"뭐가 괜찮다는 거야?! 무엇 하나 괜찮은 것 같지 않은데?!"

"지금이라면 특별히 유이카가 채워줄게요."

"채워줄 필요 없거든?!"

남자 선배에게 목줄을 선물하다니, 이 후배도 여전히 제정신이 아니었다.

"하하, 역시 목줄은 농담이었어요. 진짜는 여기 있죠."

목줄을 내려놓은 그녀가 꺼낸 건 몇 권의 책이었다.

"컨디션이 좀 좋아지면 한가해질 테니까요. 선배가 좋아할 만한 책을 골라왔어요."

"오오, 고마워."

"후후후, 읽으면 확실히 저주받을 것 같은 공포물도 있어요."

"그건 꼭 갖고 돌아가."

"네—? 이 책은 진짜 무섭고 여름에 딱 어울리는 걸작인데…… 선배도 유이카처럼 밤에 화장실에 못 가서 힘들어질 거예요~"

"싫어. 노땡큐라고."

"아쉽지만 어쩔 수 없죠. ……그럼 슬슬 거기 잠들어 있는 가슴 괴물을 배제해볼까요?"

45

"뭐? 유이카?"

금발벽안의 후배는 일어나 침대 옆에 섰다.

그리고 흑발의 상급생 어깨를 꽉 붙잡고

"—으쌰."

맥 빠지는 구호와 함께 침대에서 끌어내렸다.

"아얏?!"

침대에서 떨어진 사유키는 그 큰 엉덩이를 바닥과 부딪친 통증 때문에 눈을 떴다.

"뭐야, 정말…….."

엉덩이를 가볍게 문지르며 몸을 일으킨 사유키.

그런 그녀에게 유이카가 의기양양한 미소를 보냈다.

"안녕하세요, 마녀 선배."

"어머, 누군가 했더니 코가잖아. 왜 여기 있어?"

"마녀 선배가 문자를 보냈잖아요. 지금 케이키 선배는 저항할 수 없으니까 마음껏 여러 가지를 해보고 싶다고."

"……사유키 선배?"

"그런 눈으로 보지 마, 케이키. 가벼운 농담이니까."

남자 후배가 의혹의 시선을 보내자 그녀는 어색하게 눈을 피했다.

"그러니까 케이키 선배의 간병은 유이카가 맡겠습니다. 병문안을 왔으면서 환자의 침대에서 숙면을 취하는 한심한 가슴 괴물은 이제 돌아가도 좋아요."

"뭐라고……?"

"두 사람 다 얼굴만 마주하면 일단 싸우는 것 좀 그만두면 안 될까요?"

일촉즉발의 분위기 속에서 방 주인이 조심스럽게 주장했다.

"그래요. 여기서 소란을 일으키면 케이키 선배의 몸에 지장이 갈 테니까 지금은 휴전하죠."

"……그렇게 말하면서 코가는 지금 대체 뭘 하려는 거야?"

사유키의 시선 끝에는 침대에 앉아 케이키의 팔을 끌어안은 유이카의 모습이.

"후후, 이번에는 유이카가 옆에서 같이 잠들어줄게요."

"케이키는 내가 따뜻하게 해줄 거야. 마치 충실한 애완동물처럼."

후배에게 대항의식을 불태우는 사유키가 반대쪽 팔을 끌어안았다.

"저기, 케이키. 케이키는 글래머를 좋아하니까 코가의 가슴으론 만족할 수 없지?"

"몸으로 케이키 선배를 유혹하다니, 정말 마녀 선배는 엉큼해요!"

좁은 침대 위에서 케이키를 둘러싸고 말싸움을 시작한 두 사람.

그녀들이 불꽃 튀기는 건 늘 있는 일이었지만 감기로 체력을 잃은 지금의 케이키에게 이런 소동은 너무 벅찼다.

"저기……난 일단 환잔데요. 시끄럽게 굴 거면 밖에서 하면 안 될까요?"

몸을 좀먹는 고열과 정신을 깎아내는 두 사람의 말다툼. 이중적인 의미로 머리가 아팠다.

"—양손에 꽃이네, 오빠."

"아……."

어느 샌가 문이 열려 있었고 그 끝에 뚱한 얼굴의 여동생이 서 있었다.

"자, 두 사람 모두 환자 앞에서는 그 정도로 해두세요."

"그것도 그러네."

"네에."

"어째서 미즈하의 말은 쉽게 들어주는 거야……."

이쪽이 하는 말은 전혀 듣지도 않으면서, 여러 가지로 납득이 가지 않았다.

어쨌든 미즈하 덕분에 긴장상태는 해소되었고 두 여자의 구속에서 해방된 케이키는 안도의 한숨을 내쉬었다.

◇

그날 밤 케이키는 꿈을 꿨다.

벌써 10년이나 지난, 케이키가 아직 4살 무렵의 정말 어

렸을 때의 일.

어느 날, 케이키 부모님의 손에 이끌려 처음 보는 여자아이가 집으로 들어왔다.

케이키와 비슷한 나이의 여자아이를 아버지는 오늘부터 새로운 가족이 될 아이라고 소개했다.

"가족?"

"그래. 케이키가 생일이 더 빠르니까 이 아이는 네 여동생이 되겠구나."

"여동생……."

다시 한 번 여자아이를 바라보자 그녀는 애처로운 얼굴로 고개를 숙이고 있었다.

어째서 그 아이가 가족이 되는 건지, 어째서 그런 얼굴을 하고 있는지 그때의 케이키는 알지 못했지만.

그저 그 아이의 그런 얼굴은 보고 싶지 않았다.

"너, 이름은?"

"……미즈하."

"미즈하구나. 난 케이키. 미즈하의 오빠야."

"오……빠?"

"그래, 오빠. 우리는 가족이 될 거니까 앞으로 계속 함께 있을 거야."

"……계속……함께……."

여자아이는 멍하니 그 말을 되뇌다

"……후에엥……."

웬일인지 갑자기 울음을 터뜨렸다.

"어, 어라?! 왜 우는 거야?!"

황급히 위로하려고 해도 울음을 그치지 않아서,

그녀가 어째서 울기 시작한 건지 전혀 알 수 없어서,

어린 케이키는 그 아이의 머리를 쓰다듬는 것밖에 할 수 없었다.

그건 케이키가 처음으로 미즈하와 만났을 때의 기억.

두 사람이 가족이 되고 남매가 되었던 먼 날의 소중한 추억이었다.

눈을 뜨자 커튼 틈으로 달빛이 비쳐 들어왔다.

어두운 방 안에서 몸을 일으키고 방금 꾼 꿈을 되새겼다.

"왜 잊고 있었던 거지……?"

꿈의 내용은 분명 케이키가 미즈하와 만난 날의 기억이었다.

"그때, 난 미즈하의 오빠가 되겠다고 말했어."

슬픈 얼굴을 한 여자아이를 웃게 하고 싶어서 순간적으로 내뱉은 말이 그거였다.

갑자기 울기 시작한 미즈하를 달래려고 머리를 쓰다듬었지만 역효과였고 겨우 울음을 멈춘 미즈하는 잠시도 케이키의 옆을 떠나려고 하지 않았다.

지금 생각하면 그건 그녀가 친부모님을 잃은 직후였기 때문일 것이라.

어린아이에게 부모님은 자신의 전부다.

그걸 한 번에 잃어버렸으니 마음이 버티지 못하게 되는 것도 이상하진 않았다.

그리고 그녀는 분명 그때를 지금도 기억하고 있을 것이다.

"……결심했어. 난 앞으로도 미즈하의 오빠로 있자."

지금까지 계속 가족으로 살아왔다.

10년 이상 처음 만났을 때를 잊어버릴 만큼 오랜 시간을 두 사람은 남매로서 지내왔다.

(피가 섞이지 않았다고 해도 나와 미즈하는 가족이자— 남매야.)

그러니까 분명 그게 정답일 것이다.

날이 새면 지금까지처럼 오빠로서 그녀를 대하자. 여태까지처럼은 불가능할지도 모르지만 그래도 최대한 노력을 다하는 거야.

어릴 때 만난 두 사람이 앞으로도 사이좋은 남매로 있을 수 있도록.

"……그건 그렇고 이상한 시간에 잠에서 깨고 말았네."

시계를 확인했을 때 시각은 오후 1시를 넘어가고 있었다.

점심 때 잠을 잤기 때문인지 컨디션은 좋았고 열도 꽤 내린 것 같았다.

"세수라도 하고 올까?"

사실은 샤워도 하고 싶었지만 감기에서 이제 막 나았기 때문에 세수만으로 참기로 했다.

방을 나선 케이키는 세면대가 있는 탈의실로 향했다.

계단을 내려가 복도를 지나 그곳과 이어진 문을 열었다.

"……어라?"

이런 시간인데 탈의실 불이 켜져 있었다.

아니, 계속 사용 중이었고 목욕을 끝낸 것처럼 보이는 알몸의 여자아이가 서 있었다.

"……미즈하?"

"……오빠?"

두 사람 모두 갑작스러운 일에 멍하니 굳어 있을 수밖에 없었다.

먼저 정신이 돌아온 미즈하가 들고 있던 수건으로 가만히 몸을 가렸다.

"으악, 미, 미안!"

늦게 의식을 되찾은 케이키가 당황해서 그녀에게 등을 보이며 돌아섰다.

"……정말 미안. 이런 시간에 욕실에 있을 줄은 몰랐어."

"아, 응. ……괜찮아. 오빠니까 아무렇지도 않아."

"아니, 지금은 그냥 화를 내줬으면 좋겠는데."

"화 안 나. 부끄럽지만 좋아하는 사람에게라면 보여도 상

53

관없어."

"아니, 저기⋯⋯그래, 잘 봤어⋯⋯."

미즈하의 대담한 발언에 쩔쩔맬 수밖에 없었다.

이러는 동안에도 방금 본 선정적인 광경이 플래시백 되어 이상한 기분이 들었다.

여동생의 알몸을 보고 두근거리는 오빠라니, 완전히 아웃이라고 생각하면서도 쿵쾅쿵쾅 뛰는 심장 소리가 멈추지 않았다.

"⋯⋯나, 복도에 있을 테니까 끝나면 말해줘."

머리를 식히기 위해 도망치듯 탈의실을 나와 문에 등을 대고 기댔다.

등 너머에서 부스럭거리며 미즈하가 옷을 입는 기척이 들렸지만 깊게 생각하지 않기로 했다.

"그러고 보니, 오빠. 벌써 일어나도 괜찮아?"

"응, 열도 거의 내렸고 이제 아무렇지도 않아."

"그럼 괜찮지만. 너무 무리하면 안 돼."

"⋯⋯아, 그래."

문을 사이에 두고 대화를 나누는 도중, 미즈하가 이런 시간에 목욕을 한 이유를 조금은 알 것 같았다.

그녀는 분명 계속 곁에서 자신을 간호했을 것이다.

케이키가 잠들어 있는 동안에도 계속 옆에 있어 줬겠지.

"⋯⋯오빠?"

"아, 응······알았어. 무리하지 않을게."

"응, 알았다면 됐어."

만족스럽게 말하며 미즈하는 '그건 그렇고'라고 화제를 바꿨다.

"점심때는 양손에 꽃이라 좋았지? 귀여운 여자가 둘이나 옆에서 잠들다니, 남자라면 눈물이 날 정도로 기쁜 상황이었지."

"솔직히 열 때문에 기뻐할 기력도 없었어."

"글쎄. 마음속으로는 여자들에게 잘 보이려고 한 거 아니야?"

"미즈하 씨, 웬일로 기분이 나쁘신 것 같네요."

"······별로. 그런 거 아닌데?"

그녀에게서는 듣기 힘든 살짝 가시가 돋친 말투.

사유키 선배와 유이카가 돌아간 이후 얼마동안은 이런 느낌이었다.

"분명 전에 선배랑 유이카가 우리 집에 왔을 때도 비슷한 일이 있었지. 미즈하가 웬일로 기분이 나빠진 채 방에 찾아와서는 '오빠는 나의 오빠니까'라는 귀여운 말을 해줬는데."

"······."

"응? 미즈하?"

갑자기 입을 다물어버린 여자아이의 이름을 부르자 대답 대신 문이 열렸다.

거기에는 셔츠와 반바지라는 실내복 차림의 미즈하가 서

있었고 좀 화가 나고 삐친 듯한 시선을 보내고 있었다.

"그때는 오빠를 빼앗길지도 모른다고 생각했으니까……."

"아, 그래……?"

그때는 오빠를 빼앗기고 싶지 않다는 여동생의 귀여운 독점욕이라고 생각했는데.

미즈하가 의붓여동생이라는 걸 알게 된 지금은 당시와는 말의 의미가 달라져 있었다.

그녀 입장에서 보면 연애대상인 남자가 다른 여자와 다정한 시간을 보내고 있었기 때문에 안절부절 못했던 거겠지.

"……오빠, 미안해."

"응? 뭐가?"

"오빠가 감기에 걸린 건 내가 원인이니까. 내가 억지를 부리지만 않았으면 오빠도 가출 같은 건 하지도 않았을 거고 흠뻑 젖어서 돌아올 일도 없었을 거야."

"아니, 그땐 나도 어른스럽지 못했어."

"하지만 안심해. 오빠가 싫다면 이제 키스는 안 할 거니까. 오빠가 날 좋아하게 되면 그때 많이 할게."

"미즈하……."

씩씩한 미소에 가슴이 죄어왔다.

이런 솔직한 모습이 그녀의 가장 큰 매력일 것이다.

"아, 그렇지, 오빠. 수영장 이벤트 상품 써도 돼?"

"아, 그때의 명령권 말이지?"

명령권은 사유키가 고안한 상품으로 수영장에서 개최된 이벤트에서 우승한 미즈하가 차지한 것. 케이키에게 단 한 가지, 뭐든 명령할 수 있는 불합리하기 짝이 없는 상품이었다.

　"미리 말해두겠지만 저금을 달라거나 물구나무를 서서 마을을 한 바퀴 돌라는 그런 무모한 건 안 돼."

　"그런 이상한 부탁 안 해."

　쓴웃음을 보이며 말한 미즈하는 심호흡을 한 번 했다.

　그리고 고개를 들고 진지한 얼굴로 명령을 시작했다.

　"단 하루만 나의 남자친구가 되어줘. 남매가 아닌 연인으로서 나와 데이트해줘."

　말이 끝난 미즈하의 얼굴이 새빨개져 있었다.

　그 요구는 명령이라고 불리기에는 너무나도 조심스러운 주장이었지만 그래도 연애경험이 부족한 남자의 마음을 꿰뚫기에는 아주 충분한 위력을 갖고 있었다—.

　(그러니까, 왜 두근거리는 거야? 나…….)

　상대는 여동생인데.

　어릴 때부터 계속 가족으로 지내온 여자아이인데.

　한심하게도 오빠로서 대한다는 굳건한 결의는 이미 흔들흔들 흔들리기 시작했다.

오전 8시. 키류 가의 욕실에 미즈하의 모습이 보였다.

마음에 드는 입욕제를 투입한 욕조에 몸을 담그고 기분이 좋아 자신도 모르게 한숨을 내쉬었다.

"……아침부터 목욕이라니 나도 참, 기합이 너무 들어간 거 아니야?"

아침에 샤워를 한 적은 있지만 목욕까지 한 적은 좀처럼 없었다.

수도요금이나 가스비도 아깝고.

그런 절약가인 미즈하가 이렇게 목욕을 하고 있는 데에는 이유가 있었다.

"하지만 괜찮아. 오늘은 오빠와 데이트하는 날이니까."

오늘은 지금부터 오빠와 데이트를 할 예정이었다.

아침부터 목욕을 하고 있는 것도 평소 이상으로 시간을 들여 몸을 씻는 것도 가장 귀여운 모습을 보여주고 싶다는 마음에서 우러나온 행동이었다.

"……난 오빠를 너무 좋아하는 것 같아."

브라더 콤플렉스라는 말을 들어도 부정할 수 없겠지.

애초에 자신들은 친남매가 아니지만.

"……남매라."

오빠와 여동생.

케이키와 미즈하를 이어주는 두 사람의 관계.

이 사랑이 평범한 것과는 다르다는 건 알고 있기 때문에 아무리 노력해도 불안해졌다.

입으로는 '잘못되지 않았다'고 하면서도 설령 피가 섞이지 않았다고 해도 자신의 마음이 허락되지 않는 건 아닐지 몇 번이나 생각했다.

몇 번을 생각하고 지금도 생각하고 있다.

그래도 자신은 더 이상 이 마음을 숨기지 않겠다고 결심했다.

"—좋아."

기합을 넣고 기세 좋게 일어났다.

욕실에서 나온 미즈하는 목욕 타월을 걸친 모습으로 방으로 돌아갔다.

이런 모습으로 집 안을 돌아다니는 게 조금은 경박하다는 건 자각하고 있지만 오빠에게는 먼저 약속 장소에 가서 기다리라고 말해뒀으니 문제없겠지.

우선 드라이어로 제대로 머리를 말리고.

그 이후 핑크색 속옷을 입고 따로 준비해 둔 옷을 든 채 거울 앞에 섰다.

"오빠가 귀엽다고 말해주려나……?"

가슴속에서 불타는 불안과 기대.

좋아하는 사람의 반응을 상상하면 좀 무섭기도 하고 기대가 되기도 했다.

◇

데이트 당일 아침. 역 앞 광장 벤치에 케이키의 모습이 보였다.

오늘 날씨는 쾌청.

구름 한 점 없는 하늘과는 대조적으로 벤치에 앉은 케이키의 표정은 어두웠다.

"설마 여동생과 데이트를 하는 날이 올 줄이야……."

오늘은 지금부터 여동생 미즈하와 데이트를 할 예정이었다.

물론 지금까지 그녀와 둘이서 외출하는 일은 몇 번이나 있었다.

둘이서 영화를 보러 간 적도 있었고 거리로 쇼핑을 하러 간 적도 있으며 같이 슈퍼에 가는 일은 일상다반사였다.

하지만 데이트라면 이야기는 달라진다.

미즈하와 피가 섞이지 않았다고 판명되고 그녀의 마음을 알게 된 지금, 이 데이트에 특별한 의미가 담겨있다는 것은 아무리 둔감한 케이키라고 해도 알 수 있었다.

"내가 대체 어떻게 해야 하는 거지……?"

토해낸 물음은 아무에게도 닿지 않은 채 사라졌다.

답이 나오지 않는 자문자답을 빙글빙글 되풀이했다.

번민하는 마음으로 만나기로 한 상대를 기다리고 있는데

"—오래 기다렸지? 오빠."

그렇게 살짝 긴장의 색을 품은 목소리가 들려왔다.

고개를 들자 거기 서 있는 건 월등히 귀여운 여자아이.

길이가 긴 튜닉에 차분한 디자인의 짧은 바지를 입고 목에는 클로버 모양의 목걸이를 하고 있었다.

멋을 낸 미즈하가 머뭇거리며 케이키를 바라보았다.

"어……때?"

"베, 베리 큐트……."

"가능하면 일본어로."

"굉장히 귀여운 것 같습니다."

"에헤헤. 오빠에게 귀엽다는 말을 듣고 싶어서 좀 노력해 봤어."

"커헉?!"

살짝 기쁜 듯 수줍어하는 여동생의 압도적인 귀여움에 가슴을 관통당해 그 자리에 무릎을 꿇었다.

"어라? 오빠?"

"……난 어쩌면 오빠 실격일지도 몰라……."

"뭐?"

아무래도 미즈하의 전투력을 얕본 것 같다.

갑자기 강렬한 일격을 당한 오빠는 당분간 일어날 수 없었다.

그렇게 여동생과의 데이트가 시작되었다.

참고로 함께 집을 나서지 않았던 건 약속장소에서 만나는 게 더 데이트 같다고 미즈하가 원했기 때문이다.

확실히 둘이 함께 집을 나서면 별로 데이트 같지 않을지도 모른다.

지하철을 타고 시내로 이동해 역을 나오면서 미즈하가 빙글 뒤를 돌아보았다.

"저기, 오빠?"

"응?"

"오늘 데이트를 하면서 오빠가 날 돌아보게 만들 거야."

"크흑?! ……부, 부드럽게 부탁할게……."

오늘 미즈하 씨는 적극적으로 공격하는 스타일인 것 같다.

입을 다물면 귀여운데 불의의 습격처럼 지잉 가슴을 울리는 말을 툭툭 내뱉어서 방심할 수 없었다.

"그래서 어디 갈지 결정했어?"

"음— 우선 영화를 보고 싶어."

"그럼 일단 영화관으로 갈까?"

"아, 오늘은 영화관이 아니라 다른 곳이 좋겠어."

"어디?"

"저기……만화 카페."

"뭐……?"

미즈하가 원하는 대로 두 사람이 찾아간 곳은 어디에나 있는 평범한 만화 카페였다.

만화를 마음껏 볼 수 있고 인터넷도 마음껏 사용할 수 있고 음료수도 마음껏 마실 수 있는 서민들의 작은 낙원.

들은 바에 의하면 가게에 따라서는 컴퓨터로 영화를 볼 수도 있는 것 같았다.

"고등학생 두 명. 2시간으로 부탁드릴게요."

미즈하가 능숙하게 접수를 끝내고 배정받은 공간으로 향했다.

그곳은 이른바 커플석이었다.

고정된 소파와 데스크톱 컴퓨터가 한 대. 그리고 헤드폰이 2인용으로 준비되어 있었다.

그리고 좁았다. 꽤 좁았다.

정말 아슬아슬하게 두 사람이 들어갈 정도의 공간밖에 없었다.

"이게 소문으로만 들었던 커플석인가……?"

"자, 오빠, 어서 앉아."

"아, 으응…… ."

미즈하의 재촉에 안쪽에 앉자 옆으로 미즈하가 붙어 앉았다.

"여긴 영화 종류도 풍부해."

"흐음……혹시 단골이야?"

"한가할 때 가끔 와. 어떤 영화로 할까?"

"미즈하에게 맡길게."

"그래? 그럼—."

미즈하가 컴퓨터를 조작하고 배포된 영화를 체크했다.

액션부터 러브로맨스, 판타지나 코미디, 국산 영화부터 외국 영화를 불문하고 꽤 많은 작품을 시청할 수 있는 것 같았다.

"그건 그렇고 에어컨이 작동 안 되는 건가? 왠지 좀 더운 것 같지 않아?"

"그래? 난 좀 추운 것 같은데—?!"

목소리가 뒤집어진 건 생각지도 못한 게 눈 앞으로 달려들었기 때문.

화면을 체크하면서 미즈하가 손가락으로 옷깃을 벌리고 앞가슴에 파닥파닥 바람을 일으키고 있었는데 그 순간 슬며시 핑크색 속옷이 보였기 때문이다.

"……오빠? 왜 그래?"

"아무것도 아니야!!"

"그래? —아, 이게 좋겠어. 흥미가 있었는데 아직 못 봤거든."

"괘, 괜찮은 것 같은데?"

그녀의 앞가슴에서 시선을 떼고 높아진 목소리로 동의했다.

"그런데 왜 만화 카페야? 영화관도 괜찮지 않아?"

"응—?"

마우스를 조작하며 영화를 세팅한 미즈하가 어깨를 가까이 기댔다.

"여기라면 마음껏 붙어있을 수 있잖아."

"……."

미즈하는 옛날부터 영화를 좋아했고 거실 소파에 앉아 함께 영화를 볼 기회는 몇 번이나 있었다.

하지만 이렇게나 가까운 거리에서 어깨를 맞닿은 채 영화를 감상하는 건 처음이었다.

"……왠지 엄청 연인 같아."

"……응. 좀 두근거리네."

빈말로도 박력 있다고는 말할 수 없는 스크린에서 상영이 개시되자 서로 입을 다물었다.

작게 칸막이가 된 둘만의 영화관.

미즈하가 아무렇지도 않게 손을 겹치는 바람에 의식하지 않는 척 행동하는 데에 필사적이었기 때문에 영화 내용은 전혀 머리에 들어오지 않았다.

다음으로 찾아간 곳은 유이카와의 데이트에서도 이용한 쇼핑몰.

패스트푸드점에서 가볍게 점심을 먹고 두 사람은 바로 아이쇼핑을 개시했다.

넓은 통로의 양편에 죽 늘어선 다양한 점포는 보기만 해도 재미있었다.

음식점은 물론 서점이나 CD가게 같은 대중적인 가게부터 아로마를 취급하는 가게나 등산용품 전문점 등 매니악한 가게도 많았다.

뭔가 원하는 게 있을 때 여기 오면 대부분은 구할 수 있겠지.

미즈하가 들르는 곳은 식기 가게나 찻잎 전문점 등 집안일과 관련된 가게가 많았다. 화장품이나 액세서리보다 부엌용품에 흥미를 표하는 모습에서 그녀의 인간성이 나타나는 것 같았다.

"오빠, 오빠, 더러워지지 않는 국자래."

"진지한 얼굴로 신상 국자를 음미하는 여고생은 별로 없을 거야."

"아, 좀 아줌마 같았나?"

"아니, 가정적인 느낌이 들어서 굉장히 좋은 것 같아."

"그건 혹시 프러포즈? 나의 신부가 되어 달라는 그런?"

"아닙니다."

"오빠를 위해서라면 매일 맛있는 된장국을 만들어줄 텐데."

"그건 지금과 별반 다르지 않잖아."

케이키가 먹고 있는 음식의 대부분이 미즈하의 손으로 만들어진 것이었다.

아침, 점심, 저녁 식사는 물론 학교에 갈 때는 도시락까지 미즈하가 만들어주고 있었다.

오빠의 취향을 완벽하게 파악하고 있는 동생의 요리는 일 품이었고 이미 위장을 붙잡힌 상태라고 해도 좋을 것이다. 만약 미즈하와 마음이 서로 통해 결혼하게 되면 지금 같은 생활이 계속 이어지겠지—.

그건 왠지 굉장히 행복한 미래 같았다.

"……그런 미래도 나쁘지 않을지도."

"뭐?"

"미즈하는 좋은 아내가 될 거야. 만약 아내 검정 시험이라 는 게 있다면 미즈하는 1급을 받을 수 있을걸."

"왠지 오빠, 얼버무리려고 하는 것 같은데?"

"그, 그런 거 아니거든."

여동생과 결혼하는 미래를 상상했다고는 말할 수 없었다.

게다가 고백에 대한 대답을 보류한 상태에서 기대를 갖게 하는 말을 할 순 없지.

한차례 상품을 훑어보고 조리기구 가게를 나왔다.

"아……."

"미즈하?"

메인 통로로 나선 직후 미즈하가 느닷없이 걸음을 멈췄다.

그 시선의 끝에는 사이좋게 손을 잡고 걸어가는 젊은 커 플의 모습이.

"우리도 손, 잡을까?"

"아니, 됐어."

"왜? 어릴 때는 평소에도 잡고 다녔잖아."

"어릴 때와는 달라. 피가 섞이지 않았다고 해도 나와 오빠는 남매인걸. 만약 아는 사람이 보기라도 하면 분명 이상하게 생각할 거야."

"미즈하……."

"난 신경 안 쓰지만 오빠에게 피해가 가는 건 싫어."

"……."

오빠에게 피해가 가는 건 싫다—.

그래서 미즈하는 영화관이 아니라 만화 카페에 들어간 걸지도 모른다.

다른 누군가의 눈을 의식하고 케이키에게 폐가 되지 않도록.

확실히 남매끼리 데이트하는 걸 수상하게 여기는 인간이 있을지도 모른다.

그녀의 사랑은 일반적인 그것과는 다를지도 모르니까.

하지만 설령 잘못됐다고 해도 슬퍼하는 미즈하의 모습을 보고 싶지 않았다.

세간에 대한 체면과 그녀의 미소, 어느 쪽이 소중한지는 저울질할 것까지도 없었다.

케이키는 미즈하 앞에 서서 살며시 그녀의 손을 잡았다.

"앗? 오, 오빠?"

"나도 신경 안 써. 딱히 착각한다고 해도 상관없고."

"……뭐야."

어이없다는 듯 중얼거리는 미즈하가 손을 꼭 맞잡았다.

"오빠가 그러니까 좋아하게 되는 거야."

그녀가 보여주는 미소와 말은 보석처럼 반짝거리고 있었고 이제 와서 부끄러워진 케이키는 억지로 화제를 바꿨다.

"그, 그건 그렇고 설마 미즈하가 러브레터를 보낸 사람일 줄은 몰랐어."

"나도 설마 오빠가 치마를 젖히는 날이 올 줄은 몰랐는데."

"그건 정말 미안하게 생각하지만 그렇게라도 하지 않으면 신데렐라의 정체를 확인할 수 없으니까."

"수영장에서도 그러던데 신데렐라가 대체 뭐야?"

"미즈하가 부실에 러브레터와 함께 팬티를 두고 갔잖아? 그래서 정체불명의 발신인을 '팬티를 떨어뜨린 신데렐라'라고 불렀어."

"아, 그런 거였어? ─후후, 지독한 네이밍 센스."

"그렇지? 쇼마가 생각해낸 건데 너무 이상하지?"

부실에 팬티를 떨어뜨린 신데렐라.

그 여자아이가 지금 시원찮은 왕자 옆에서 웃고 있었다.

(……어라? 그러고 보니 그 팬티는 결국 뭐였지?)

많은 일들이 있어서 잊고 있었는데 러브레터에 관한 최대 수수께끼가 남겨진 채였다.

서예부 부실에 남겨져 있던 러브레터.

그 봉투 옆에 함께 놓여 있던 순백의 팬티.

신데렐라가 속옷을 떨어뜨리고 간 이유를 왕자는 아직도 알지 못했다.

"저기, 미즈하. 그 팬티는—."

"—어라? 케이키잖아."

케이키의 말을 막은 건 익숙한 여성의 목소리였다.

소리가 난 쪽으로 시선을 돌리자 T셔츠와 청바지 차림의 흑발 미녀가 서 있었고 그 풍만한 가슴 앞에서 작은 손을 흔들고 있었다.

"사유키 선배."

"이런 곳에서 만나다니 우연이네. 그것도 운명인가?"

"별것 아닌 우연이죠."

"여전히 쌀쌀맞다니까. 둘이서 쇼핑하러 나온 거야?"

"네? 아, 저기⋯⋯."

"오늘은 오빠랑 데이트하러 나온 거예요."

질문에 답한 건 미즈하였다.

게다가 오빠의 팔을 꽉 붙잡으면서 하는 주장.

그렇게 생각해서 그런지 말투가 좀 딱딱하게 느껴지는 건 케이키의 기분 탓은 아니겠지.

"어머, 그래? 후후, 여전히 사이가 좋구나."

따뜻한 시선을 보내는 사유키. 그녀는 케이키와 미즈하가 의붓남매라는 건 모른다.

그래서 미즈하가 케이키의 팔을 끌어안아도 좀 사이가 좋은 오빠와 여동생으로밖에 보지 않는 것이다.

"사유키 선배는 어떻게 여기?"

"난 먹물이랑 서예부에 필요한 걸 사러 나왔어."

"말했으면 짐꾼 정도는 해줬을 텐데요."

"정말? 그럼 지금부터 같이 가줘도 되는데."

"역시 오늘은 안 돼요."

"그렇지. 사랑하는 여동생과의 데이트니까. 케이키도 여전한 시스터 콤플렉스라니까."

"저기……가능하면 이런 장소에서 시스터 콤플렉스라고 말하지 말아주실래요?"

"후후. 짐꾼은 다음에 시간 있을 때 부탁할게. 상으로는…… 그래, 내 몸 중에 좋아하는 곳을 만지게 해줄게."

"뭐……라고요?"

"……오빠?"

"오해야. 오빠는 음란한 생각을 한 적 없어."

"흐음? 오해구나?"

"그래, 그러니까 그렇게 차가운 눈으로 오빠를 보지 말아줘."

"오빠의 시선이 선배의 앞가슴에 너무 집중되어 있는데?"

"그래. 케이키의 시선이 충분히 내 가슴에 쏠려 있어."

"어쩔 수 없는 거야……. 남자라는 건 그런 생물이니까……."

멋지고 풍만한 가슴을 눈앞에 두고 보지 않는 건 반대로 실례라고 생각한다.

오히려 감사한 마음으로 충분히 즐기는 게 예의겠지.

하지만 그런 신사의 소양을 여자들이 이해할 리 없었고 미즈하가 조용히 오빠에게서 거리를 두었다.

물리적인 거리뿐만 아니라 마음의 거리까지 멀어졌다는 게 강하게 전해져왔다.

"오빠 바보……."

"아, 미즈하? 어디 가는 거야?"

"……화장실."

기분 나쁜 듯 툭 내뱉은 그녀는 화장실로 향했다.

"아무래도 화나게 해버린 것 같네. 방해한 것 같은데 난 이만 가볼게."

"어지럽힐 만큼 어지럽혀놓고……."

"그치만 두 사람이 너무 친해보였는걸. 그런 모습을 보면 질투하게 돼."

불만스럽게 말하며 그녀는 입술을 삐죽거렸다.

"질투하다니……미즈하는 여동생이에요."

"상대가 누군지 관계없어. 소녀의 마음은 이치에 맞지 않거든. 그걸 이해 못하니까 케이키는 아무리 시간이 지나도 동정인 거야."

"동정은 관계없잖아요?!"

"흐─음. 나도 몰라."

귀엽게 입술을 삐쭉 내밀며 태풍 같은 상급생이 떠나갔다.

그 뒷모습을 배웅하며 케이키는 깊은 한숨을 내쉬었다.

"……그럼 미즈하가 돌아오면 어떻게 변명하지?"

그녀가 화가 난 원인은 상황으로 추측해보면 '케이키가 사유키의 가슴을 뚫어지게 쳐다봤다는 것'이겠지.

"애초에 방에 숨겨둔 야한 책은 괜찮은데 선배의 가슴은 안 되는 거야? 미즈하의 허용범위를 모르겠어……."

오빠가 가진 비장의 서적에 대해선 특별히 비난하지 않는 걸 보면 파렴치한 모든 것이 나쁜 건 아닌 것 같지만 사유키의 가슴을 응시하는 건 여동생에겐 아웃인 듯했다.

"일단 글래머의 훌륭함을 열정적으로 알려볼까? 아니면 미즈하의 가슴도 훌륭하다고 칭찬해볼까? ……으─음, 그건 왠지 역효과일 것 같아."

원인은 추측할 수 있지만 대처법을 알 수 없었다.

미즈하가 화내는 일은 좀처럼 없기 때문에 기분을 풀어질 방법이 떠오르지 않았다.

하지만 상대의 새로운 면을 알게 되는 것도 데이트의 묘미.

그게 마이너스 감정이라고 해도 그녀의 귀중한 모습을 볼 수 있는 건 행운일지도 모른다.

몇 년이나 함께 살고 있는데 아직 모르는 게 많았다.

그걸 알았다는 건 분명 굉장히 큰 수확이겠지.

그 이후 케이키는 돌아온 미즈하와 쇼핑몰 안 카페에서 쉬고 있었다.

"아…… 저기, 미즈하?"

"왜?"

"화났어?"

"아니, 전혀 화나지 않았는데."

"그래……?"

그런 것치고 맞은편에 앉은 그녀는 뚱한 표정으로 카페오레 속 빨대를 입에 대고 있었다.

"오빠가 글래머를 좋아하는 건 알고 있었고 토키하라 선배의 가슴에 시선이 고정되어 있었던 건 전혀, 조금도 신경 안 써."

"엄청 신경 쓰고 있잖아……."

"신경 안 쓰거든."

"어떻게 하면 기분이 풀릴까?"

"그건 오빠의 노력에 달렸겠지."

"노력에 달렸다니……."

왠지 시험당하는 듯한 기분이 들었다.

"좋아. 오늘은 미즈하가 하고 싶은 걸 전부 하자."

"뭐? 정말?"

"남자는 두 말은 안 해."

"그럼……오빠랑 가고 싶은 곳이 있는데."

"가고 싶은 곳?"

"이쪽이야."

"응? ——아, 잠깐만, 미즈하?!"

자리에서 일어난 미즈하의 손에 이끌려 카페를 나섰다.

묵묵히 망설임 없이 앞으로 나아가는 미즈하에게 끌려서 도착한 곳은 쇼핑몰 안에 있는 어떤 가게 앞.

"……응? 여기?"

"여기."

"아니……하지만, 여긴……."

케이키가 뒷걸음질 치는 것도 무리는 아니었다.

왜냐하면 그곳은 남자가 들어갈 수 없는 소녀의 성역.

셀 수 없을 정도의 팬티와 브래지어가 진열되어 있는 이른바 속옷 가게였다.

"난 오빠가 내 속옷을 골라줬으면 좋겠어."

"잠깐만, 진짜 무슨 말을 하는 거야?"

"오빠가 좋아하는 속옷, 가르쳐줘."

"무엇을 위해?"

"만약을 위해."

"만약이라면 어떤 때를 말하는 건데?!"

"그럼 바로 들어가자."

"잠깐만! 역시 이런 가게에 남자가 들어가는 건 좀 그렇지 않을까?"

"하지만 연인끼리라면 같이 고르는 것도 보통이잖아?"

"그래? 이 세상의 커플들은 그런 거야? 충격적인 사실이네……."

여동생 왈, 현대 일본에서는 여자친구가 속옷을 고를 때 남자친구가 동반하는 건 자연스러운 광경이라고 한다.

강렬한 컬쳐쇼크에 자신의 상식이 붕괴되어 갔다.

"아니, 잠깐! 커플이라면 보통일지도 모르지만 우리는 남매잖아. 여동생의 팬티를 골라주는 오빠라니, 완벽하게 아웃이라고!"

"오늘 오빠는 나의 남자친구잖아?"

"아니, 확실히 그런 설정이긴 하지만……."

"그러니까 문제없어."

"그런 논리는 너무 억지스럽지 않아?!"

"……오빠가 오늘은 하고 싶은 걸 전부 해준다고 했잖아."

"윽……."

"남자가 두 말은 안 한다며."

"으응……."

과거의 몇 개의 발언이 자신의 목을 전력을 다해 조이고 있었다.

"오빠……."

어리광 부리는 듯한 목소리와 글썽이는 눈동자.

호소하는 듯 치켜뜬 눈에 드디어 오빠는 자신의 패배를

인정했다.

"알았어! 알겠다고! 알았으니까 그렇게 버려진 새끼 강아지 같은 눈으로 오빠를 보지 말아줘!"

키류 케이키는 애초부터 시스터 콤플렉스인 오빠.

귀여운 여동생의 부탁을 거역할 수 있을 리가 없었다.

이렇게 여동생의 속옷을 고르게 된 케이키는 결심한 듯 속옷 가게 안으로 발을 들였다.

딱딱하게 긴장한 오빠와는 대조적으로 미즈하는 익숙한 모습으로 가게 안으로 들어갔다.

"……여동생이 입을 속옷을 고르는 오빠라니, 정상이 아닌 것 같아."

"하지만 오빠, 수영장에 갔을 때 내가 입을 수영복도 사줬잖아."

"수영복과 속옷은 난이도에서 현격한 차이가 있다고 생각해. 손님인 여성들이 엄청 이쪽을 보고 있고, 여긴 나에겐 완벽한 적진이라고."

당연한 일이겠지만 손님들은 젊은 여성들뿐이었고 남자는 케이키 혼자였다.

시야에 비치는 게 여자의 속옷뿐이라 머리가 어지러웠다.

"오빠, 어떤 게 잘 어울려?"

"……저기, 그 회색 속옷도 귀여운 것 같은데."

"이거? 오빠는 이런 걸 좋아하는구나……? 그럼 입어볼게."

"그래, 난 근처에서 적당히 기다리고 있을게."

"무슨 말을 하는 거야? 내가 입으면 오빠가 봐줘야지."

"뭐……라고?"

"어울리는지 아닌지 실제로 입어보지 않으면 모르니까."

"아니, 하지만 속옷 차림이잖아? 미즈하는 나에게 보여줘도 괜찮아?"

"난 오빠에게라면……보여도 상관없어."

"미즈하?!"

이렇게 남의 눈이 많은 장소에서 폭탄발언을 내뱉는 건 사양해줬으면 좋겠다.

여성들이 섬뜩한 얼굴로 이쪽을 보고 있는데…….

"게다가 난 오빠에게 몇 번이나 알몸을 보인 적도 있으니까."

"몇 번이라고 해도 어릴 때 이야기잖아……."

"그 무렵에는 같이 목욕도 했는걸."

여자의 가슴을 봐도 아무것도 느껴지지 않았던 순진무구한 시절 이야기.

예전에는 납작했던 미즈하의 가슴은 멋지게 부풀어서 여자의 모양을 하고 있었다.

그런 걸 의식하지 말라는 게 오히려 무리였다.

"그럼 조금만 기다려."

속옷을 손에 든 미즈하가 탈의실로 들어갔다.

몇 분 후, 그녀는 커튼 틈으로 빼꼼히 얼굴을 내밀었다.

"저기……오래 기다렸지?"

커튼 끝을 꽉 붙잡고 뭔가 불편한 것처럼 우물쭈물 거렸다.

"입어보긴 했는데……여, 역시 부끄러워."

"그, 그렇지? 오늘은 그냥 여기서 그만둘까?"

"아니, 안 돼. 오빠에게 보여주고 싶으니까."

"왜 그렇게 결의가 강한 거야……?"

굳은 의지를 과시한 미즈하가 결심한 듯 커튼을 활짝 열었다.

"……."

그 광경에 케이키는 순간 넋을 잃고 말았다.

얼굴을 새빨갛게 붉힌 여동생이 입고 있는 건 물론 속옷뿐이었고 회색 브래지어와 팬티가 가리고 있는 부분 이외에는 전부 태어난 그대로의 상태로 거기 있었다.

부드러워 보이는 앞가슴도 모양 좋은 배꼽도 새하얀 목덜미도.

평소에는 볼 수 없는 흐트러진 모습이 다짜고짜 남자의 민감한 부분을 자극했다.

(이건―여러 가지로 위험해!)

예전, 집 안 탈의실에서 속옷 차림을 보고 말았을 때와는 달랐다.

지금의 케이키는 그녀가 의붓여동생이라는 걸 알고 있었다.

그런 여자아이가 스스로의 의지로 보여준 속옷 차림을 앞에 두고 이전과는 비교할 수 없는 흥분이 날뛰었다.

"어⋯⋯때?"

"아, 으응⋯⋯굉장히 잘 어울리는 것 같아."

"두근⋯⋯거려?"

"두근거려. 당연히 두근거리지."

"그래? ⋯⋯다행이다."

"뭐가 다행인데?"

"오빠가 날 보고 두근거린다니, 너무 기뻐."

"으윽?!"

씩씩한 미소가 너무 눈부셔서 심장이 파열되는 줄 알았다.

오늘의 미즈하는 얼마나 오빠를 흥분시켜야 만족할 생각인 걸까.

"그럼 계산하고 올게."

"그래, 다녀와⋯⋯."

옷을 다시 갈아입은 여동생은 소중하게 속옷을 손에 꼭 쥐고 계산대로 향했다.

"다행이다. 드디어 해방됐어⋯⋯."

속옷 가게에서 여동생의 속옷을 고른다는 고문 같은 미션이 끝나고 긴장한 마음이 풀려갔다.

안도의 한숨을 내쉰 케이키가 고개를 들었을 때.

"아⋯⋯."

"응......?"

진열대를 사이에 두고 잘 아는 여자아이와 눈이 마주쳤다.

밤색 머리칼을 옆으로 질끈 묶은 난죠 마오였다.

그녀에게 있어서도 이 만남은 예상 밖이었는지 꽤 큰 사이즈의 브래지어를 손에 들고 굳어 있었다.

"아, 안녕, 난죠. 우연이네."

"우연이라기보다 사건인 것 같은데. 여긴 속옷 가게야. 키류는 이런 곳에서 뭐 하는 거야?"

"뭐냐니......."

여동생이 입을 속옷을 골라주었지만 그걸 그대로 고할 용기가 없었다.

"아니─ 실은 내가 입을 브래지어가 필요해서."

"......."

케이키의 발언에 마오가 아무 말 없이 거리를 두었다.

"......설마 키류에게 그런 취미가 있을 줄은 몰랐어."

"미안, 거짓말이야! 내가 거짓말을 했어!"

하지만 이 상황은 곤란했다. 굉장히 곤란했다.

(여동생의 속옷을 골라주러 왔다는 걸 들키면 매장될 거야! 사회적으로!)

묵비권을 행사하든 솔직하게 자백하든 변태 취급은 면할 수 없었다.

압도적으로 불리한 전황 속에서 솜씨 좋게 벗어날 방법을 모색하고 있는데 미즈하가 돌아왔다.

"오빠, 오래 기다렸지? ……응? 어라? 마오?"

"미즈하도 온 거야?"

"아, 응. 저기……."

곤란한 표정을 짓는 미즈하가 지시를 바라는 듯 오빠를 바라보았다.

(부탁이야, 미즈하! 잘 얼버무려줘……!)

필사적으로 여동생에게 눈짓하자 아이 콘택트가 통한 건지 미즈하가 고개를 끄덕였다.

"지금 오빠가 속옷을 골라주고 있었어."

"미즈하아아아?!"

"키류……너……."

미즈하 양이 던진 충격적인 진실에 마오의 눈이 쓰레기를 보는 그것으로 바뀌었다.

"오빠가 나에게 잘 어울리는 최고의 팬티를 골라주겠다고 해서."

"그런 말 안 했거든?!"

"최악이야……."

여동생의 생각지도 못한 배신에 동급생의 시선이 더욱더 차갑게 변했다.

"시스터 콤플렉스일 줄은 알았지만 설마 여동생에게 자기 취향의 속옷을 강요할 줄이야……. 오늘부터 키류를 '변태 오빠'라고 부를게."

"제발 그러지 마!!"

마오의 네트워크에 의해 이 사건은 모든 서예부원에게 통보되고 케이키는 '시스터 콤플렉스 오빠'에서 '변태 오빠'로 화려한 진화를 이룰 것이다.

"정말 험한 꼴을 당했어……."

"보통 여동생의 팬티를 오빠가 골라주진 않잖아."

"그 일을 시킨 장본인이 그렇게 말하다니!!"

그 이후 속옷 가게에서의 일은 마오의 손에 의해 각 방면으로 확산되었다.

그것 때문에 사유키와 유이카에게 대량의 문자가 도착해서 굉장히 힘들었다.

문자 내용은 짐작대로 '변태'라느니 '시스터 콤플렉스'라느니 가슴을 도려내는 온갖 욕설의 대행진.

"결국 오해는 풀지 못한 채 내가 중증 시스터 콤플렉스라는 걸로 이야기는 마무리됐지만."

"대부분 사실이니까 문제없을 것 같은데. ……그것보다 지금 나의 흥미는 오빠의 블루베리 크레이프로 향하고 있어."

"그래, 그래, 좋아. 자, 원하는 만큼 먹어."

"고마워."

크레이프를 내밀자 미즈하가 한 입 베어 물었다.

"……흐음. 내가 선택한 딸기도 맛있지만 블루베리도 꽤 괜찮네."

"그렇게 행복한 얼굴로 먹어주면 크레이프도 만족할 거야."

두 사람은 현재 쇼핑몰에서 좀 떨어진 장소인 큰 공원 안에 있었다.

석양으로 물든 하늘 아래에서 멋진 분수가 있는 광장 벤치에 걸터앉아 여기 오는 도중에 산 크레이프를 먹고 있었다.

"오빠, 뺨에 크림 묻었어."

"어디?"

"여기."

미즈하가 얼굴을 들이밀고 뺨에 묻은 크림을 핥았다.

"……미즈하 씨는 의외로 대담하시군요."

"왜 갑자기 마담 말투?"

그렇게 남의 눈엔 바보 커플로밖에 보이지 않는 대화를 나누면서 크레이프를 전부 먹어치웠다.

그 무렵에는 여름 하늘이 밤의 쪽빛으로 물들기 시작하고 있었다.

"날도 어두워졌고 슬슬 돌아갈까?"

"아, 잠깐만, 오빠."

"응?"

"조금만 더. 얼마 안 남았으니까."

"얼마 안 남았다니?"

"됐으니까 이쪽으로."

미즈하에게 손이 붙잡힌 채 끌려간 곳은 분수 앞이었다.

두 사람이 거기 선 직후 주변이 눈부신 빛으로 감싸였다.

"이건……."

그건 분수를 물들이는 일루미네이션이었다.

사람의 손에 의해 만들어진 빛의 마법.

주변을 밝게 만들며 하늘하늘 흔들리는 빛을 감고 흩날리는 물은 환상적이었고 남자가 봐도 로맨틱한 광경이었다.

"우리 반 친구가 가르쳐줬어. 오빠랑 보고 싶었는데. ……어때?"

"꽤 로맨틱한데?"

"후후. 모처럼 나왔는데 둘이서 사진 찍을까?"

"오오, 그래."

"그럼 오빠. 좀 더 가까이 와봐."

"이 정도로?"

"좀 멀잖아. 이 정도는 돼야지."

"잠깐, 역시 이건……웃!"

또다시 팔을 끌어안았고 그 몸의 부드러움에 쑥스러워졌다.

완벽히 커플 같은 거리감.

한쪽 손을 앞으로 내밀고 스마트폰을 준비한 여자 카메라맨이 만족스럽게 미소 지었다.

"문답무용. ─자, 치즈!"

찰칵 하는 셔터 소리가 울리고 미즈하가 케이키에게서 떨어졌다.

스마트폰 화면을 확인한 그녀가 행복한 듯 미소 지었다.

"잘 찍혔어?"

"엄청. 나중에 오빠한테도 보내줄게."

"……그래."

"오빠?"

"아, 아니……왠지 지금 우리 정말 연인 사이 같아서."

"……그럴지도?"

둘이서 영화를 보고 사이좋게 쇼핑을 하고 같이 사진을 찍고.

그건 케이키가 꿈꾸던 여자와의 데이트 그 자체였다━.

(혹시 미즈하와 함께라면 평범한 연인사이가 될 수 있을지도…….)

그런 생각을 하다 그 다음 순간 서둘러 고개를 휘저었다.

(아니, 아니, 의붓남매라고는 해도 미즈하는 동생이야! 오빠로서 여동생에게 손을 댈 수는…….)

몇 번이나 반복했는지 알 수 없는 사고의 미로.

그 미로에 출구는 없었고 뭐가 정답인지 결정하는 건 자신이라는 걸 알고 있으면서도 아직 나아가야 할 선택지를 결정하지 못했다.

고뇌하는 오빠 옆에서 분수를 바라보며 미즈하가 덧없는

미소를 보였다.

"즐거웠는데 이제 끝이라고 생각하니 왠지 쓸쓸해⋯⋯."

"⋯⋯물어봐도 될지 망설였는데."

"응? 뭔데?"

"미즈하는 왜 날 좋아하게 된 거야?"

"음⋯⋯글쎄. 잘 모르겠어."

"모르겠다고?"

"계기는 처음 만났을 때의 일 때문이라고 생각해. ⋯⋯ 오빠도 나의 친부모님에 대해 아빠한테 들었지?"

"으응⋯⋯."

"벌써 옛날 일인데 똑똑하게 기억하고 있어. 내가 처음 오빠를 만났을 때의 일을."

빛의 분수를 등지고 그녀는 당시의 일을 이야기하기 시작했다.

"오빠와 만나기 얼마 전, 난 평소처럼 어린이집에 맡겨져 있었어. 부모님은 같은 직장을 다녔기 때문에 매일 차로 함께 출근하고 저녁에 데리러 올 때도 함께였어. ⋯⋯하지만 그날은 아무리 기다려도 데리러오지 않았어."

"⋯⋯."

"계속, 계속 기다렸는데. 결국 부모님은 돌아오지 않았고. 날 데리러 온 건 지금의 아빠랑 엄마였어. 난 우리 부모님에게 두 번 다시 잘 다녀오셨냐는 말을 하지 못했어."

그건 아직 어렸던 그녀가 체험한 과거의 기억.

얼마나 힘들었을까.

얼마나 슬프고 괴로웠을까.

당시 미즈하의 마음을 생각하면 마음속이 둔탁하게 삐걱거렸다.

"의지할 친척도 없었던 날 아빠랑 엄마가 양자로 받아줬고. 그 집에서 처음으로 오빠를 만났지—."

말을 멈추고 고개를 든 미즈하가 케이키를 바라보았다.

"지금도 기억해. 오빠가 나에게 해줬던 말. 정말 좋아했던 사람들을 잃고 외톨이가 된 나에게 해준 말. 오빠가 '앞으로는 계속 함께 있을 거야'라고 말해줬지. 그 말이 정말 기뻤어."

그게 미즈하에게 특별한 일이었다는 건 그 부드러운 미소를 보면 알 수 있었다.

"같은 집에 살면서 같이 밥을 먹고 같이 TV를 보고 웃고 시시한 일로 싸우고 하지만 금방 화해하고—."

따뜻한 색으로 가득 찬 말이 그녀의 마음을 아플 정도로 전해주고 있었다.

"그런 식으로 둘이 있는데 좋아하지 않을 리가 없잖아."

그게 키류 미즈하가 오빠에게 연심을 품게 된 과정.

특별한 이유 따위 없었다.

함께 보내는 사이 자연스럽게 커져버린 마음의 형태.

"계속 함께 있어 줘서 고마워. —정말 좋아해."

달콤한 호의를 말로 전하며 발뒤꿈치를 들어 올린 미즈하가 얼굴을 가까이 댔다.

안 된다고 생각하면서도 떼어 놓을 수 없어서 눈을 꽉 감은 케이키의 입술을 부드러운 게 꾹 눌러댔다.

"……헤헤헤."

"……응?"

눈을 떴을 때 그의 입술에 닿은 건 그녀의 집게손가락이었다.

"……미즈하?"

"그치만 내가 먼저 키스하지 않겠다고 약속했으니까."

"그랬었지……."

"혹시 기대했어?"

"아, 안 했거든?!"

여러 가지로 빤히 보이는 반응에 장난에 성공한 여자아이가 슬며시 웃었다.

"오빠만 좋다면 또 데이트할까?"

분하지만 역시 미즈하는 귀여웠다.

그녀의 미소에 KO패 당한 건 이미 말할 것까지도 없겠지.

91

그날 밤. 키류 가의 욕실.

뜨거운 물을 가득 채운 욕조에 어깨까지 몸을 담그고 하루의 피로를 풀면서 케이키는 오늘 데이트를 되새기고 있었다.

"데이트, 즐거웠어……."

미즈하와의 데이트는 솔직히 즐거웠다.

만화 카페에서 영화를 보고. 손을 잡고 걷고. 크레이프를 서로 먹여주고.

오늘의 두 사람은 누가 봐도 평범한 연인사이였겠지.

"미즈하가 좋은 아이라는 건 틀림없어. 귀엽고 상냥하고 의외로 가슴도 크고. 게다가……날 좋아한다고 말해줬고."

그렇게 직접적인 호의를 받고서 기쁘지 않을 리가 없었다.

여동생이라는 건 사소한 문제처럼 느껴지기까지 했다.

"귀여우면 여동생이라도 문제가 없는 걸까……?"

여동생이라고 해도 피가 섞이지 않았고.

하려고만 하면 결혼도 할 수 있겠지.

"아니, 역시 결혼은 너무 성급하잖아……!"

아아— 얼굴을 물에 넣었지만 그걸로 냉정해질 리가 없었다.

결혼은 둘째 치고 고백에 대한 대답은 하지 않으면 안 되겠지.

미즈하의 마음을 받아들일 것인가 받아들이지 않을 것인가—.

몹시 괴로워하며 계속 생각했지만 역시 쉽게 결정할 순

없었다.

"현기증이 좀 날 것 같아…… 역시 그만 나갈까?"

결국 대답을 보류한 채 욕실을 나왔다.

서둘러 몸을 닦고 실내복으로 갈아입었다.

드라이어로 머리를 말린 케이키가 자기 방으로 돌아가자 미즈하가 침대에 잠들어 있었다.

"……내 동생이지만 너무 무방비한 거 아니야?"

목욕 중인 오빠를 기다린 건가?

실내복으로 갈아입은 여동생이 엎드린 상태로 편안한 숨소리를 내고 있었다.

그녀가 이 방에 있는 것 자체는 드문 일이 아니었다.

그저 방금까지 데이트를 한 상대가 자신의 방에 있고 게다가 침대에 잠들어 있는 이 상황은 뭔가 굉장히 간질거렸다.

"내 마음도 모르고 행복한 얼굴을 하고 있다니."

그런 말을 하면서 침대 끝에 걸터앉아 그녀의 얼굴을 쓰다듬었다.

"응?"

잠든 미즈하 곁에 그녀의 스마트폰이 놓여 있었다.

자동 잠금 기능이 풀려 화면이 표시된 상태로.

집어든 미즈하의 스마트폰에는 둘이서 찍은 데이트 사진이 보였다.

"이렇게 보니까 정말 커플 같네."

일루미네이션이 펼쳐지는 분수를 배경으로 몸을 서로 맞댄 케이키와 미즈하.

미즈하는 이걸 바라보면서 케이키를 기다리고 있었겠지.

분명—둘이 함께 이 사진을 보기 위해.

그런 미즈하의 모습을 상상하면 자연스럽게 얼굴이 붉어졌다.

그 열을 숨기기 위해 이렇다 할 까닭 없이 화면을 넘기자 그 외에도 사진이 있었다.

"—하하. 이런 건 언제 찍은 거야?"

그건 데이트 중에 그녀가 찍은 케이키의 사진.

크레이프를 먹고 있을 때의 옆모습이라던가, 세라믹 코팅 프라이팬을 진지하게 바라보고 있는 모습이라던가, 두서없는 데이트의 모습이 담겨 있었다.

"……이것 말고도 또 있으려나?"

미즈하의 비밀을 멋대로 엿보는 것 같아서 죄책감이 들었지만 호기심을 이기지 못하고 다시 화면을 넘겼고—.

"……응?"

거기 담긴 한 장의 사진에 멍청한 소리를 내뱉었다.

사진에 찍혀 있는 건 한쪽 손으로 눈언저리를 가린 여자아이.

옷자락을 입에 물고 핑크색 브래지어로 감싼 앞가슴과 아름다운 배꼽을 드러내고 있었다. 한쪽 팔이 앞으로 내밀어진

걸 보면 스마트폰을 이용해 스스로 촬영한 거라는 걸 판단할
수 있었다.

"……뭐야, 이거…….''

가장 큰 문제는 사진 속 여자아이를 본 기억이 있다는 것.

아니, 본 기억이 있다는 정도가 아니었다.

여자아이가 입고 있는 옷과 핑크색 속옷, 그리고 앞가슴
에서 빛나는 클로버 목걸이는 오늘 데이트에서 '그녀'가 입
고 있던 것과 완전히 똑같은 것이었다—.

"미즈하……인가?''

눈언저리를 가린 것 정도로 잘못 볼 리가 없었다.

그 머리칼의 질감을, 부드러운 입술의 형태를, 소중한 여
자아이를 착각할 리가 없었다.

사진 속 여자아이는 틀림없이 키류 미즈하였다.

(이건 분명 봐선 안 되는 사진 같은데…….)

침범해선 안 되는 영역에 개입한 것 같은 감각.

쿵쾅쿵쾅 시끄러운 심장이 경종을 울리고 있는 것 같았다.

"—오빠?''

"윽?!''

언제 눈을 뜬 거지?

침대 위에서 몸을 일으킨 미즈하가 멍한 얼굴로 이쪽을
바라보고 있었다.

"그거, 내 거야……?''

자신의 스마트폰을 오빠가 손에 들고 있는 걸 깨닫고 그녀의 사랑스러운 뺨이 순식간에 빨갛게 물들었다─.

"오빠, 안 돼에에에에에에에!!"

오랫동안 함께 살고 있는 케이키조차 처음 듣는 비명을 지르며 의외의 순발력을 발휘한 미즈하가 오빠 손에 든 스마트폰을 빼앗았다.

그리고 화면 속 사진을 확인하곤 침대에 앉은 채 힐끔 케이키에게 시선을 옮겼다.

"……봤어?"

"……봤어."

"으윽…… 늦은 건가."

그녀의 말대로 사태는 이미 늦은 후였다.

스마트폰 안에 있던 미즈하의 부끄러운 사진은 선명하게 뇌리에 새겨져 있었다.

"솔직히 난 혼란스러워. ……그 사진은 대체 뭐야?"

"안심해. 인터넷에는 올리지 않았으니까. 모르는 사람에게 보여주는 건 절대로 싫거든. ……오빠에게라면 오히려 보여주고 싶을 정도지만."

"보여주고 싶다니……."

누구보다도 그녀를 잘 알고 있다고 생각했는데 그 말의 의미를 전혀 풀 수 없었다.

그가 가장 사랑하는 여동생은 수줍은 듯 웃으며

"왜냐하면 난 노출광이니까."

그런 터무니없는 커밍아웃을 해버렸다.

몇 분 후. 케이키와 미즈하 두 사람은 침대 위에 정좌한 상태로 서로 마주보고 있었다.

"그건 초등학교 5학년 여름이었어. 수영 수업에서 갈아입을 팬티를 가져오지 않은 탓에 그날은 온종일 노팬티로 보냈는데 그때 거짓말처럼 가슴이 두근거리고 부끄럽다는 마음과는 정반대로 개방적인 기분이 들어서……."

"그래서?"

"단적으로 말하면 굉장히 기분 좋았어."

"그, 그렇구나……."

미즈하가 말한 건 자신이 노출 취향이라는 걸 자각했을 때의 에피소드.

"이미 들켜버렸으니 보여줘도 되겠지……."

미즈하가 무엇인가 스마트폰을 조작해서 케이키에게 건넸다.

"이, 이건……?!"

받아든 스마트폰에 표시된 건 사진 폴더.

거기에는 미즈하의 창피한 사진이 무수히 저장되어 있었고 치마를 걷어 올린 모습이라던가 속옷 차림, 그 중에는 거의 알몸인 사진까지 있었다.

"저기……미즈하? 왠지 이 방에서 찍은 것 같은 사진까지 있는데?"

"아, 그거? 잠든 오빠 옆에서 알몸이 됐을 때는 너무 두근거려서 죽는 줄 알았어."

"내 방에서 그런 스트립쇼를?!"

잠든 오빠 옆에서 전라의 자신의 모습을 직접 찍는 변태 소녀가 여기 있었다.

자신이 꿈속에 있을 때 바로 옆에서 여동생이 알몸이 되었다니, 평범하게 생각해서 무서웠다.

"그대로 오빠 방에서 잠든 적도 있었는데."

"가끔 이불 속에 들어온 건 스트립쇼 이후였다는 거야?!"

경악스러운 진실이 차례차례 샘솟았다.

"……미즈하에게 물어보려고 했는데 러브레터와 함께 놓여 있던 그 팬티는 대체 뭐였어?"

"아, 그 팬티는 갈아입을 생각으로 갖고 왔는데."

"갈아입을 생각으로? 그게 무슨 말이야?"

"부실 청소를 했을 때 실은 나 노팬티였어."

"노팬티?!"

신데렐라의 입에서 펼쳐지는 무시무시한 진실.

부실 대청소를 했던 그날, 미즈하는 노팬티였다.

"그건……입는 걸 깜빡했다거나 그런 이유가 아니라?"

"그런 이유가 아니라 나의 의지로 안 입은 거야. 아슬아슬한 개방감을 맛보고 싶어서 가끔 노팬티 차림으로 등교하는 날이 있거든."

"설마 하던 노팬티 데이 발각……."

"그런데 청소를 하다 보니 땀이 너무 많이 나서 저기…… 노팬티니까 땀이 흐르잖아……."

"뭐, 가릴 게 아무것도 없을 테니까……."

"그래서 러브레터를 놔둔 다음 팬티를 입으려고 가방에서 꺼냈는데 생각보다 빨리 오빠가 부실로 돌아온 거야. 순간 당황해서 로커에 숨는 바람에 팬티를 회수하지 못한 거야."

로커에 숨을 때 순간적으로 가방은 들고 들어갔지만 팬티는 회수할 수 없었던 모양이다.

그 이후 부실에 돌아온 케이키가 러브레터와 팬티를 발견.

문단속을 한 오빠가 부실을 나갈 때까지 미즈하는 로커 안에서 숨죽인 채 있었다.

생각해보면 그날 청소가 끝난 이후의 미즈하는 왠지 어딘가 불편한 듯 머뭇거리고 있었다.

그 몸짓은 노팬티가 원인이었나 보다. 노팬티라 배에서 떨어진 땀을 막지 못해 기분이 나빠서 머뭇거렸던 것이었다.

"그날 최대의 수수께끼가 풀렸네……."

왜 연애편지에 팬티가 함께 놓여 있었는지 의미불명이었는데 드디어 해명되었다.

그 청초한 디자인의 팬티가 설마 노팬티를 즐긴 이후에

갈아입을 속옷이었을 줄은 누가 상상이나 할 수 있었을까.

"전에 오빠가 노팬티가 되고 싶은 날이 있냐고 물어봤을 때 없다고 대답했지만 그건 거짓말이었어. 사실은 정기적으로 노팬티로 보내고 싶어지니까."

"신이시여……."

그 토키하라 사유키조차 부끄러운 나머지 봉인하기로 한 노팬티 외출을 미즈하는 정기적으로 하고 있었다.

"그, 그럼, 왜 내 방에서 그 팬티를 가지고 간 거야? 신데렐라라는 걸 들킬 위험이 있었을 텐데."

"그 팬티는 내가 좋아하는 거였고 밤마다 이상한 일에 사용되는 것도 좀 그런 것 같아서."

"한 번도 사용한 적 없거든?!"

중요한 부분이었기 때문에 확실하게 주장해둔다.

"……그러니까 미즈하에게 노출 취미가 있다는 건 알겠는데 어째서 데이트 중에 이런 사진을 찍을 필요가 있었던 거야?"

케이키가 미즈하의 스마트폰에서 찾아낸 건 그녀의 본성을 파헤치는 계기가 된 그 셀카 사진.

"그건……오빠가 화나게 했으니까."

"화나게 했다고?"

"오빠가 나랑 데이트 중에 토키하라 선배에게 딱 달라붙어 있었잖아."

"그런 적 없는데……."

"난 화가 나면 벗고 싶어지거든. 한 번 불이 붙으면 말릴 수 없어. 벗고 싶어서, 벗고 싶어서 참을 수 없게 돼. 부끄러운 차림으로 사진을 찍는 건 스트레스 해소가 되니까."

"뭐야? 그 미지의 스트레스 해소법은……."

잘 모르겠지만 미즈하는 스트레스를 느끼면 벗고 싶어지는 것 같았다.

데이트 중에 다른 여자에게 다정하게 굴었던 오빠에게 화가 나서 참을 수 없어져 화장실에서 발산했다는 것이다.

"난 노팬티로 등교하거나 창피한 사진을 찍으면 굉장히 흥분하게 돼. 오늘도 오빠에게 속옷 차림을 보여줘서 오싹거렸어."

오빠에게 속옷을 골라달라고 했던 진짜 목적은 그거였던 것 같다.

왕자님이 고생해서 드디어 찾아낸 신데렐라는 노출광이었다.

자신의 부끄러운 모습을 직접 찍고 학교에 노팬티로 등교하는, 귀여운 얼굴을 하고 서예부 부원들에게도 지지 않을 레벨의 변태 소녀였다.

"이런 여동생이지만 오빠의 여자친구로 삼아주면 기쁠 것 같아."

"미안, 그건 무리야."

아무리 귀여워도 아무리 피가 섞이지 않았다고 해도 변태는 무리.

왜냐하면 케이키의 꿈은 평범한 여자아이와 평범한 사랑을 하는 거니까.

부실 청소에 참가한 4명의 신데렐라 후보들.

그 전원이 변태였다는 게 확인되면서 연인을 손에 넣으려던 왕자의 야망은 덧없이 부서져 흩어지고 말았다.

백중맞이도 지나고 여름방학도 종반으로 향하던 어느 날 아침.

　"오늘은 날씨가 좋네."

　창문 밖은 구름 한 점 없이 쾌청했고 침대에서 빠져나온 케이키는 상쾌한 기분으로 1층 거실로 향했다.

　"아, 오빠. 좋은 아침."

　"좋은 아침, 미즈하."

　부엌에서 뭔가 조리를 하면서 미즈하가 미소를 보여주었다.

　여동생이 오빠를 위해 요리를 만든다. 시스터 콤플렉스인 오빠에게 이 정도의 행복은 없었다.

　케이키는 룰루랄라 멋진 기분으로 냉장고에서 우유팩을 꺼내 컵에 따라 그걸 꿀꺽꿀꺽 마시면서 즐거운 듯 조리하는 미즈하에게로 시선을 옮겼고——

　"푸흡——?!"

　입속에 있던 우유를 마음껏 내뿜고 말았다.

　놀라는 것도 무리는 아니었다. 왜냐하면 그녀는 옷을 전혀 입지 않고 앞치마 하나만을 착용한 이른바 알몸 에이프런 차림이었기 때문이다.

　"잠깐, 잠깐, 잠깐?!"

　"응?"

"뭐야? 그 발칙한 모습은?!"

"알몸 에이프런이잖아?"

"그렇게 어리둥절한 얼굴 하지 마. 내가 이상한 것 같잖아."

이상한 건 케이키가 아니라 미즈하였다.

지금 그녀는 속옷조차 입지 않고 알몸 위에 앞치마만을 장비한 차림이었다.

그런 망측한 차림으로 요리를 하다니 아무리 생각해봐도 보통은 아니잖아.

"애초에 왜 알몸에 앞치마만 하고 있는 건데?"

"오빠가 기뻐할 것 같아서. ……기뻐?"

"기쁜지 안 기쁜지 물어본다면 기쁘긴 하지만……그건 보통 커플이나 신혼부부가 하는 플레이 아니야?"

"오빠는 미래의 남편이 될 테니까 괜찮잖아."

"뭐야, 그 미래 예상도는. 처음 듣는데?!"

미즈하가 팬티를 떨어뜨린 신데렐라였고 게다가 의붓여동생이라고 판명된 이후 그녀는 케이키에 대한 호의를 숨기지 않았다. 여동생의 적극적인 구애에 설레는 케이키였지만 미즈하에게 노출벽이 있다는 걸 발견하면서 사태는 급변.

평범한 사랑을 꿈꾸는 케이키는 지금까지처럼 미즈하를 여동생으로 대하기로 결심했다.

"아아, 이렇게 무방비하고 상스러운 모습을 오빠에게 보여주고 있다니……뭔가 이거 굉장히 기분 좋아."

숨을 거칠게 내쉬면서 흠칫흠칫 몸을 떨고 있는 노출광의 모습에 '나의 여동생이 이렇게 변태일 리가 없어'라고 현실 도피를 꾀하는 오빠.

사랑하는 여동생이 변태였다는 사실은 상상 이상으로 데미지가 컸다.

"아……하지만 그렇게 바라보면 역시 좀 부끄러운 것 같아."

"잠깐만, 갑자기 등을 돌리지 마! 엉덩이가! 엉덩이가 다 보이잖아아아아악!!"

미즈하가 부끄러운 듯 몸을 비비 꼬는 순간 모양 좋은 엉덩이가 보였고, 이성이 산산이 부서진 남자의 영혼의 포효가 온 집 안에 메아리쳤다.

미즈하의 본성이 발각된 이후 자택조차도 케이키의 안락한 장소가 되지 않았다.

그 이후 제대로 옷을 입은 미즈하와 케이키는 사이좋게 아침을 먹고 있었다.

오늘 메뉴는 베이컨 에그에 양상추와 토마토 샐러드.

"……정말, 아침부터 지독한 일을 겪었어."

"여동생의 알몸 에이프런 차림을 지독하다고 말하는 건 좀 그런 것 같은데."

"그럼 미즈하는 내가 아침부터 알몸에 앞치마만 입고 계란말이를 만들면 어떨 것 같아?"

"아……그건 별로 보고 싶지 않아."

"그렇지? 나도 상상하면 닭살이 돋으니까."

알몸에 앞치마만 입은 자신이 '우후훗~♪'이라고 윙크를 보내는 기분 나쁜 영상을 머릿속에서 쫓아버리고 양상추를 아삭아삭 베어 먹었다.

"그렇지, 오빠. 나, 오늘은 마오 집에서 외박할 거야."

"외박?"

"응. 나보고 그림 모델이 되어달라고 부탁해서."

"……왠지 엄청 안 좋은 예감이 드는데……."

마오, 그러니까 난죠 마오는 19금 BL 만화를 다루는 동인 작가였다.

그런 그녀가 미즈하를 그림 모델로 쓰고 싶다니, 불온한 의도가 있다고밖에 생각할 수 없었다.

(그렇다고 여동생의 교우관계에 대해 참견하는 것도 좀 그렇고…….)

그렇다고 해도 외박이라니, 꽤 사이가 좋은 것 같았다.

원래 미즈하와 마오는 같은 학년으로 케이키를 통한 접점은 있었지만 함께 부실 청소를 하거나 수영장에 가면서 거리가 좁혀진 걸지도 모르겠다.

"그러니까 저녁은 적당히 챙겨 먹어."

"알았어."

"그리고 내가 없다고 여자를 데리고 오면 안 돼."

"아쉽지만 그런 상대는 없거든요."

실제로 진짜 그런 상대는 없었기 때문에 가볍게 대답한 뒤 베이컨 에그와 밥을 단숨에 급히 밀어 넣고 자기 몫의 아침을 다 먹어치웠다.

"잘 먹었어. ―그럼 난 슬슬 준비할까?"

"오빠? 어디 나가?"

"아, 잠깐……."

설거지를 하기 위해 자리에서 일어나면서 초점 없는 눈을 하고 말했다.

"복수하지 않으면 안 되는 상대가 있거든……."

그릇을 들고 따분한 표정을 짓는 오빠를 향해 미즈하가 이상한 듯 고개를 갸우뚱거렸다.

오전 9시 50분. 옆 마을 영화관에 케이키와 사유키의 모습이 보였다.

"……저기, 케이키?"

"왜요?"

"난 케이키가 데이트를 하자고 해서 엄청 기대하며 왔어. 드디어 케이키가 나의 주인님이 될 결심을 굳혔을 거라고, 그걸 기대하고 왔는데 그런데, 그런데―어째서 호러 영화야?"

"여름이니까?"

"뭐……?"

후배의 심플한 대답에 사유키가 불편한 반응을 보였다.

옆에 앉은 상급생이 어쩐지 겁을 먹은 것처럼 보이는 건 그녀가 말한 대로 앞으로 몇 분 후에 호러 영화가 상영되기 때문이다.

"어, 어째서 이렇게 짓궂은 거야?"

"이건 벌이에요."

"벌?"

"사유키 선배가 전에 모두 다 같이 수영장에 갔을 때 미즈하에게 난죠의 동인지를 건네줬잖아요?"

"으윽……."

난죠의 동인지라면 물론 농밀한 보이즈 러브의 세계를 그린 얇은 책을 말했다.

이전에 서예부 멤버와 함께 실내 수영장에 갔을 때 여자 탈의실에서 사유키가 미즈하에게 동인지를 건넸고 그걸 읽은 미즈하가 케이키를 남색 취급하는 비극이 일어났었다.

"선배 때문에 난 미즈하에게 게이 취급을 받아서 엄청 힘들었다고요."

"그래서 호러 영화야?"

"네에. 선배는 다소 짓궂게 굴면 반대로 기뻐하니까 어떻게 따끔한 맛을 보여줄지 생각했어요. 그러다가 심령현상 이야기를 싫어하던 게 떠올랐죠."

"내가 케이키에게 그런 커밍아웃을 한 적이 있었던가?"

"그치만 선배, 그런 이야기를 하면 노골적으로 움찔거리면서 화제를 바꾸려고 했잖아요. 오늘은 단념하고 이 영화를 끝까지 보도록 해요. 잘됐네요. 인터넷 리뷰에서는 시리즈 최고봉의 공포라고 크게 절찬을 받은 것 같으니까."

"……난 돌아가도 될까?"

"안 돼요."

후배의 미소에 퇴로를 차단당하고 사유키가 절망적인 표정을 지었다.

시작하기 전부터 움찔거리는 상급생의 모습을 즐기고 있는데 얼마 지나지 않아 공연 시작 버저가 울렸다.

"오, 슬슬 시작할 것 같네요."

"싫어! 무서운 건 싫어……!"

"조용히 하세요. 다른 손님들한테 민폐잖아요."

"악마야?! 케이키는 악마냐고!! 하지만 그런 도S 같은 모습이 멋지다고 생각해!"

사유키의 저항도 보람 없이 천천히 어두워지는 조명.

신작 영화 선전이 흐르고 드디어 호러 영화가 시작되었다.

그건 일본을 무대로 한 영화로 과거에 행방불명된 여자의 영혼이 나타나는 초등학교에 부임해온 여교사가 공포체험에 사로잡히는 내용이었다.

일본풍 호러의 특색이라고도 할 수 있는 지금이라도 무언가가 나올 것 같은 분위기와 독특한 불길함.

호러 영화였지만 각본도 훌륭했고 관객의 공포를 부추기는 연출도 공들인 것 같았다.

"오오, 꽤 굉장하네……."

그 영화는 남자인 케이키도 살짝 뒤로 물러설 정도의 공포도로 심령현상을 싫어하는 사유키는 소리를 지를 여유도 없이 눈물을 머금고 후배에게 매달려 있었다.

당연히 사유키의 풍만한 가슴이 아낌없이 눌려지는 형태가 되었고,

(신이시여, 호러 영화를 보고 이렇게 행복한 기분이 든 건 처음입니다.)

뜻밖의 행운에 축복받은 럭키 보이는 신께 깊이 감사드렸다.

영화를 끝까지 본 케이키와 사유키는 근처 카페로 들어갔다.

창문 쪽 테이블 석에서 창백한 얼굴을 한 사유키가 원망스러운 시선을 보내고 있었다.

"어떻게 할 거야? 나, 오늘 밤엔 분명 혼자 화장실도 못 갈 거야……."

"하하하, 꼴좋네요."

"너무해!! ……하지만 케이키에게 괴롭힘 당해서 좀 기쁘기도 해."

"도M은 인생이 즐거워 보여서 부럽네요. 어쨌든 사유키 선배에게 복수해서 굉장히 개운하네요."

"케이키는 역시 도S의 소질이 있는 것 같아."

"그건 전혀 기쁘지 않거든요."

확실히 사유키를 곤란하게 하면서 살짝 기분이 좋아지는 걸 느꼈지만 키류 케이키는 어디까지나 노멀. 글래머를 사랑하고 납작 가슴을 귀여워하는 건전한 남고생이었다.

"뭐, 미즈하에게 난죠의 동인지를 건네준 건 사과할게. 멋진 작품이라서 꼭 많은 사람에게 알리고 싶었어."

"나랑 관계없는 작품이라면 널리 알려져도 괜찮아요. ……아아, 난죠라고 하니까 생각났는데, 오늘은 미즈하가 난죠의 집에서 외박하겠다고 말했어요."

"외박……? ……잠깐, 아아앗?!"

"선배? 왜 그러세요?"

"나, 중요한 일이 생각났어……."

"중요한 일?"

케이키가 질문하자 그녀는 심각한 듯한 얼굴로 고개를 끄덕였다.

"실은 오늘 집에 아무도 없어. 우리 부모님, 결혼기념일이라 1박2일로 여행을 간다고 아침에 나가셨거든……."

"흐음. 그럼 선배도 오늘은 집에 혼자 있겠네요."

"혼자……."

후배의 무심한 발언에 사유키의 얼굴이 창백해졌다.

"그런 영화를 본 날 혼자라니, 그건 무리야! 혼자 화장실 가는 것도 무서운데 집에 아무도 없다니, 말도 안 된다고!"

"어린애도 아니고……."

"부탁이야! 오늘은 케이키네 집에서 재워줘!"

"무슨 말을 하는 거예요? 당연히 안 되죠. 우리 집도 오늘은 미즈하가 없으니까. 역시 남자 혼자 있는 집에 여자를 재울 수는 없어요."

부드럽게 거절하자 사유키는 조용히 고개를 숙인 채 울 것 같은 목소리로 말했다.

"……케이키가 억지로 데리고 왔잖아……."

"네?"

"나, 무서웠단 말이야. 싫다고 말했는데 벌이라고 놓아주지 않고. 울어도 용서해주지 않고……."

"잠깐만요!!"

떨리는 목소리로 폭탄을 투하한 그녀는 눈물이 그렁그렁한 눈으로 후배를 바라보았다.

"책임……져."

"잠깐, 선배?! 그 말투는—."

사유키가 내놓은 의미심장한 대사에 가게 안이 술렁거렸다.

다른 자리에서 '억지로 호텔에 데리고 간 거야?' '최악이네' '잡아 뜯으면 될 텐데' 같은 여성들의 솔직한 의견이 들려왔다.

점원 아가씨까지 차가운 시선을 보내는 꼴이 되었다.

"케이키……책임 질 거지?"

"으아아악! 알았어요! 알았으니까 오해를 살 만한 대사는 하지 마세요!!"

이렇게 토키하라 사유키의 외박이 결정되었다.

그날 저녁. 일단 집으로 돌아가 숙박 준비를 마친 사유키가 집으로 찾아왔다.

"오늘은 신세 좀 지겠습니다……."

"뭐, 대단한 대접은 못하겠지만요……."

인사도 하는 둥 마는 둥하고 사유키를 거실로 들인 후 일단 소파에 앉혔다.

"보리차 드실래요?"

"고마워."

냉장고에 상비되어 있는 차가운 보리차를 마시며 두 사람은 모두 한숨을 내쉬었다.

갑자기 후배와 눈이 마주치자 그녀는 곤란한 듯 미소 지었다.

"좀 긴장되네. 난 다른 사람 집에서 외박하는 건 처음이거든."

"그래요?"

"옛날에는 서예만 해서 놀 시간이 없었고 주위에서는 귀하게 자랐다고 여기면서 친한 친구도 없었으니까."

"그리고 보니 선배 집은 굉장한 저택이었죠."

"낡은 집이야, 내부는 리모델링을 했지만. 다음에 케이키를 초대할게."

"그거 기대되네요."

"그때는 케이키를 미래의 주인님이라고 부모님께 소개할 거야."

"그런 건 전력을 다해 저지할 거예요."

긴장했다고 하면서도 막상 이야기를 시작하자 평소처럼 유쾌한 대화가 펼쳐졌고.

그걸로 긴장이 풀린 건지 표정이 부드럽게 바뀐 사유키가 조용히 자리에서 일어섰다.

"케이키도 저녁 아직 안 먹었지? 미즈하가 없으니까 재워주는 보답으로 내가 만들게."

"어라, 선배, 요리도 할 수 있어요?"

"이렇게 보여도 계란말이는 만들 수 있어."

"우연이네요. 나도 만들 수 있는데."

그런 느낌으로 의기양양하게 부엌으로 들어선 사유키였지만,

"……어라? 왠지 형태가 뭉개지는 것 같아. ……뭐 됐어. 이대로 구워야지."

불안해질 만한 말을 늘어놓으며 요리를 진행했고,

"자, 계란말이."

"아니, 이건 스크램블 에그잖아요……."

완성된 건 계란말이가 아니라 스크램블 에그였다.

"굽는 도중에 뭉개져서 빙글빙글 휘저어봤어."

"응. 그건 완벽한 스크램블 에그네요."

소금만 뿌린 스크램블 에그에 밥이라는 검소한 저녁이었지만 의외로 맛은 나쁘지 않아서 그냥 맛있게 먹었다.

사유키가 익숙하지 않은 솜씨로 요리하는 모습에 살짝 두근거린 건 비밀이었다.

키류 가에서는 식사 후에 목욕을 하는데 사유키가 손님 주제에 먼저 목욕을 할 수 없다고

주장했기 때문에 케이키가 먼저 욕실에 들어가게 되었다.

몸을 씻고 욕조에 몸을 담그고 뜨거운 목욕물을 충분히 즐긴 케이키는 상쾌한 기분으로 거실로 돌아왔다.

"사유키 선배, 이제 욕실에 들어가도 돼요."

"케이키……나, 또 중요한 사실을 깨닫고 말았어."

"이번에는 뭐예요?"

"혼자 욕실에 들어가는 게 무서워……."

"네?"

"부탁이야, 케이키. 같이 들어가자."

"그건 당연히 무리죠⋯⋯."

서로 어린애도 아니고 그녀 같은 나이스 바디의 여성과 욕실에 들어간다면 남자의 늠름한 부분이 힘들어진다.

"그치만, 그치만, 오늘 본 영화 안에서 욕실에 여자의 영혼이 나오는 장면이 있었잖아! 그런 걸 보면 무서울 수밖에 없다고!"

"그럼 목욕은 하루 건너 뛸래요?"

"이래 봬도 다 큰 처녀야. 목욕을 안 하는 건 있을 수 없는 일이라고."

"그럼 얼른 들어가세요."

그 이후 스피커 모드로 바꾼 스마트폰(방수 가능)으로 대화하면서 목욕을 한다는 절충안을 채용하기로 하면서 이야기는 일단락되었다.

스피커에서 들려오는 물소리나 기분 좋아 보이는 그녀의 한숨 등, 여러 가질 상상하게 되는 건 남자라면 어쩔 수 없는 일이겠지.

"저기, 케이키? 너의 선배는 지금 가슴을 공들여 씻고 있어."

"그렇게 저의 순정을 갖고 놀 생각이라면 끊을 거예요."

"사과할 테니까 그러지 마!!"

자신이 대체 뭘 하고 있는 건지 소박한 의문이 들었지만 그런 바보 같은 대화가 즐거워서 케이키는 자신도 모르게 웃고 말았다.

"오래 기다렸지? 목욕, 기분 좋았어."

"그래요? 그거 다행이네요."

"난 머리가 길어서 말리는 게 힘들어."

거실로 돌아온 사유키는 평범한 셔츠에 반바지라는 편한 실내복 차림으로 긴 흑발이 아직은 살짝 젖어 있어서 왠지 보고 있으면 가슴이 두근거렸다.

목욕을 막 끝낸 여자라는 존재는 어째서 이렇게 강한 감동을 주는 걸까.

갑자기 조용해진 후배를 사유키가 멀뚱멀뚱 바라보았다. "왜 그래?"

"아, 아니. 딱히 아무것도……."

넋을 잃고 보고 있었다는 말을 할 수 없었기 때문에 얼버무리기 위해 화제를 바꿨다.

"아직 잠들 때까지 시간이 좀 있네요. 게임이라도 할까요?"

"좋아. 난 절대로 안 질 거야."

그 제안에 사유키가 넘어갔고 두 사람은 밤늦게까지 TV 게임을 하며 놀았다.

참고로 그녀는 게임이 굉장히 약했다.

그날 밤. 응접실에서 혼자 잠드는 걸 사유키가 완고하게 거부해서 어쩔 수 없이 케이키 방에서 함께 잠들게 되었다.

손님용 이부자리를 꺼내고 여름용 새 이불도 준비했다.

오늘 밤도 더우니까 이거 한 장이면 충분하겠지.

"그럼 불 끌게요."

"으응."

조명이 꺼지고 케이키는 자신의 침대로.

그리고 사유키도 침대로 들어왔다.

"……아니, 왜 여기로 오는 거예요? 선배는 저쪽에 이불이 있잖아요. 왜 같은 침대에서 자려고 하는 거예요?"

"쳇, 혼잡한 틈을 타서 다정한 시간을 보내려고 했는데."

불만스럽게 입술을 삐죽거리면서도 얌전히 자신의 이불로 들어간 그녀는 장난스러운 미소를 보여주었다.

"케이키가 참을 수 없게 되면 언제든 덮쳐도 돼."

"안 덮칠 거예요."

"바로 대답하다니. 여자와 같은 방에 있는데 그건 그거대로 실례 아닌가?"

뭔가 투덜투덜 불평을 늘어놓았지만 금새 얌전해졌다.

"……누군가가 옆에 있는 것만으로도 안심이 되는구나."

"오늘 선배, 정말 어린애 같네요."

"따지고 보면 케이키가 무서운 영화를 보여줘서 이렇게 된 거잖아."

"애초에 원인은 사유키 선배가 미즈하에게 BL 책을 건네줬기 때문이에요."

"뭐, 하지만 그래도 즐거웠으니까 결과적으로 다 잘된 거지. 설마 남자 후배 집에서 잠들게 될 줄은 생각도 못 했어."

"문득 생각났는데 사정을 말하고 유이카의 집에서 머무는 방법도 있지 않았을까요?"

"그 아이에게 부탁을 할 수 있을 리가 없잖아. 귀신이 무서워서 혼자 못 잔다고 말하면 평생 바보 취급 할 거야."

"아아, 역시나……."

유이카의 본성은 도S이기 때문에 사유키의 약점을 알면 가차 없이 공격하겠지.

정말 겉모습과 내면의 갭이 심한 여자아이였다.

"케이키는 여름방학 숙제 끝냈어?"

"조금 남았어요. 선배는요?"

"문제집은 이미 정리했어."

"오오, 역시 대단하네요."

"하지만 미술 작품 제작이 아직 남았어. 글자 작품도 괜찮다고는 했는데."

"그럼 뭔가 글자를 쓰면 되잖아요."

"그렇긴 한데. 뭘 쓰면 좋을지 고민이야. '암퇘지 최고'라던가 '욕설은 보상'으로 할까 하는데."

"그런 걸 제출하면 학생 지도실로 연행될 거예요."

"그곳에서 미술 선생님께 터무니없는 일을 당하게 되겠지. 푸른 과실을 앞에 두고 욕망을 억제하지 못하게 된 선생님이 지도라고 칭하면서 이 몸을 갖고 놀게 되는 거야."

"선배의 머릿속은 대체 어떻게 되어 있는 거예요……?"

머릿속엔 외설스러운 체벌을 당하는 것밖에 없는 걸까?

"그런데 케이키, 최근에 무슨 일 있었어?"

"네?"

"왠지 오늘 케이키, 기운이 좀 없는 것처럼 보여서."

"그런가……?"

"평소보다 내 가슴을 힐끔거리는 횟수가 줄었는걸."

"대체 어떤 판단기준인 거예요……?"

하지만 그녀의 지적에 짐작 가는 점이 없는 건 아니었다.

(……내가 그렇게 알기 쉽게 우울해했던 건가?)

원인은 알고 있다. 요컨대 아직 신데렐라에 대한 일을 질질 끌고 있었던 것이다.

신데렐라를 찾아내긴 했지만 결국 당초의 목적이었던 인생 최초의 연인을 손에 넣는 것까지는 불가능했다.

그게 자신의 마음속에서 소화되지 않은 것이다.

"괜찮으면 누나에게 이야기해볼래?"

"그렇게 대단한 건 아닌데요. 왠지 요즘 여러 가지 일이 많이 생겨서 계속 좋고 있던 목표를 놓쳤다고나 할까요. 어중간하게 불완전연소된 것 같은 느낌이 든다고나 할까요. ……그래서 살짝 의기소침해진 걸지도 모르겠네요."

침대에 누운 채로 이부자리에 엎드린 그녀에게 스스로도

알 수 없는 답답함을 이야기했다.

고민이라고 할 만한 것도 아니었다.

그저 가슴속에 풀리지 않은 약간의 근심.

그래도 사유키는 놀리지 않고 진지하게 이야기를 들어주었다.

"죄송합니다. 저도 제대로 정리를 할 수가 없어서. 무슨 뜻인지 모르겠죠?"

"그렇지 않아. 그런 건 분명 누구에게나 있는 일이니까."

"선배에게도 있나요?"

"글쎄. 열심히 작품을 만들었는데 콩쿠르에서 상을 놓쳤을 때 분명 지금의 케이키와 같은 기분이었을 거야."

"역시나. 확실히 그런 느낌일지도."

"하지만 멈춰 서면 거기서 끝이야. 케이키는 목표를 놓쳤다고 했지만 놓친 거라면 다시 찾으면 되잖아. 늦어도 되고 서툴러도 괜찮아. 자신의 페이스로 조금만 열심히 하면 분명 앞으로 나아갈 수 있을 거야."

"사유키 선배……."

목표를 놓친 거라면 새로운 목표를 만들면 된다.

이번에는 연인을 손에 넣을 수 없었지만 또 다른 형태로 노력하면 될 거야.

케이키의 최종 목표는 신데렐라를 찾는 게 아니라 귀여운 여자친구와 멋진 사랑을 하는 거니까.

"잘난 척 했지만 나도 노력해야 할 것 같아. ──언젠가 케이키가 날 돌아볼 수 있도록."

"네? 그, 그건……."

사유키가 기습적으로 내뱉은 대사에 당황하고 말았다.

생각해보면 신데렐라가 아니었을 뿐, 사유키가 케이키에게 연애 감정을 품지 않았다고 결정된 것도 아니었다.

오늘도 데이트 신청을 쉽게 OK해줬고 이렇게 같은 방에서 밤을 보내려고 하고 있다.

호의를 품지 않은 남자에게 이렇게까지 마음을 허락할 여자가 과연 있을까?

(혹시, 어쩌면 정말 애완견이 있었던 걸지도……?!)

그런 느낌으로 꿈꾸는 동정남의 기대가 최고조에 달했을 무렵,

"케이키는 언젠가 나의 주인님이 되어줘야 하니까."

"그렇겠죠……."

뼈저리게 느끼게 된 건 시큼한 현실.

귀여운 선배의 꿈은 남자 후배의 펫이 되는 것으로 케이키가 원하는 평범한 연애와는 양립할 수 없는 비정상적인 소망이었다.

결론부터 말하자면, 아무래도 이번에도 달콤한 전개는 없을 것 같다.

다음 날 아침,

잠을 이룰 수 없는 느낌에 눈을 떴는데 침대에 몰래 숨어든 사유키가 케이키를 끌어안은 상태로 잠들어 있었다.

"……이러면 이부자리를 준비한 의미가 없잖아."

일어났더니 미소녀에게 끌어 안겨 있다는 연애 시뮬레이션 게임 같은 상황.

남자에겐 꿈만 같은 상황이지만 사유키는 평범한 여자아이가 아니었고 음란한 여자를 자칭하는 도M의 변태였다. 그런 변태와 무방비하게도 같은 방에서 잠들다니 어제의 자신은 어떻게 된 걸지도 모른다.

"괜찮아? 나의 동정은 무사한 거야?"

침대 위에서 하반신을 바라보며 숫처녀 같은 걱정을 하고 있는데 1층에서 '다녀왔어 —.'라는 소리가 들렸다.

"아, 미즈하가 왔나 보네."

마오의 집에서 외박했던 여동생이 집으로 돌아온 모양이었다.

"……잠깐, 어라?! 이거 꽤 곤란한 상황 아닌가?!"

고개를 내리면 보이는 후배를 끌어안은 채 새근새근 잠들어 있는 흑발의 소녀.

이 상황을 미즈하에게 들키는 건 굉장히 곤란했다.

솔직히 말해서 분명 오해할 것이다.

여자와 같은 방에서 잠들고 게다가 같은 침대에서 아침을

123

맞이하면서 '우리는 아무 짓도 안 했어'라고 호소하는 오빠를 여동생은 과연 믿어줄까?

단정할 수 있는데, 분명 믿어주지 않을 것이다.

"사유키 선배, 일어나세요! 미즈하가 돌아왔으니까 어디 좀 숨어요—."

서둘러 증거인멸을 꾀하려는데 똑똑 하는 노크소리가 들렸다.

"오빠, 일어났어?"

"안 일어났어!!"

"충분히 일어난 것 같은데?"

"나 바보 아니야?!"

"오빠, 문 연다?"

"잠깐?! 기다려줘, 지금은—."

저지하는 목소리가 허무하게도 방 문이 벌컥 열렸다.

"현관에 모르는 신발이 있던데 누가 온—응?"

방으로 들어와 무언가 말을 하려던 미즈하가 움직임을 멈췄다.

방에 있는 건 침대 위에서 몸을 일으킨 오빠와 오빠의 몸을 끌어안고 잠든 흑발 미녀.

너무나도 결정적인 밀회 현장에 하루 만에 재회한 여동생의 얼굴에서 표정이 사라졌다.

"오빠……."

"아니야. 정말 아니야. 오빠는 아무 짓도 안 했어."

불륜 현장을 아내에게 들킨 남편 같은 변호를 해봤지만 압도적인 임팩트의 상황증거가 '이 남자는 유죄다'라고 주장하고 있었다.

"……으응……케이키……."

아직 숙면 중인 사유키가 어리광 부리듯 케이키의 볼에 자신의 볼을 비벼대는 그 순간,

"오빠는 바보야아아아아아아아아아아!!"

여동생의 분노가 정점에 달하고 진심이 담긴 욕설이 집 안에 울려 퍼졌다.

이날, 미즈하는 밤까지 말을 걸지 않았다.

◇

사유키의 외박 사건으로부터 며칠이 흐른 8월 하순의 밤.

자기 방에서 책상을 앞에 두고 슬슬 끝을 향해가고 있는 여름방학 숙제를 묵묵히 소화하고 있자 케이키의 스마트폰에서 짧은 착신음이 울렸다.

"……응? 누구지?"

확인해보니 후배 유이카의 문자로,

'선배, 안녕하세요. 내일 혹시 시간 있어요? 괜찮으면 유이카랑 여름 축제 가지 않으실래요?'

내일, 신사에서 개최하는 여름 축제에 같이 가지 않겠냐는 요청이었다.

"여름 축제라. 숙제도 곧 끝나니까, 특별히 일도 없고……."

신데렐라 찾기가 끝나고 여자친구도 얻지 못한 케이키는 철저하게 한가했다.

알겠다는 취지의 답장을 보내고 스마트폰을 책상 위에 다시 내려놓았다.

──그때 바로 또 착신음이.

"응? 이번에는 사유키 선배네."

선배의 문자도 유이카와 같은 용건으로 같이 여름 축제를 보러 가자는 내용이었다.

"음……뭐, 셋이 같이 가면 되겠지."

요청을 수락하는 취지의 메시지를 송신했다.

그리고 그 직후 마오에게서도 같은 문자가 도착했고──.

"뭐, 다 같이 가면 되겠지."

특별히 깊이 생각하지 않고 'OK' 답장을 보냈다.

정신을 가다듬고 문제집을 마주하려고 하는데 이번에는 방문을 누군가가 노크했다.

"오빠, 잠깐 시간 괜찮아?"

그렇게 말하며 방에 들어온 미즈하가 좀 긴장한 듯 입을 열었다.

"내일 여름 축제 하는데 같이 안 갈래?"

"좋아. 서예부 멤버 모두와 갈 예정이니까 같이 가자."

"……."

"미즈하?"

"……오빠는 바보야."

"어째서?!"

여전히 소녀의 마음을 배우지 못한 오빠에게 차가운 시선을 보내며 미즈하가 깊은 한숨을 내쉬었다.

다음 날 저녁, 여름 축제 행사장이 있는 신사 앞에 멤버들의 모습이 보였다.

"오오……."

미소녀들의 유카타 차림은 정말 멋졌다.

긴 흑발을 뒤로 땋은 선배는 평소보다 훨씬 더 일반적인 고등학생과는 차원이 다른 매력을 풍기고 있었고 금발을 위로 올려 묶은 후배는 한숨이 새어나올 만큼 사랑스러웠으며 밤색 머리칼을 땋아 늘어뜨린 동급생의 세련된 분위기에 가슴이 두근거렸다.

그리고 짧은 머리를 올려 묶은 여동생의 귀여움은 자신도 모르게 승천할 것 같은 레벨.

하지만 모처럼 멋을 부리고 나왔음에도 여자들의 표정은 하나같이 어두웠다.

"뭐, 이렇게 될 줄 알았지만……."

"케이키 선배에게 실망했어요······."

"무의식적으로 한 일이라고 해도 괘씸해······."

"오빠는 바보야······."

마오와 유이카와 사유키까지 서예부 부원들이 제각기 푸념을 늘어놓았고 여동생으로부터는 어제부터 이어지는 기분 나쁜 '바보'라는 소리를 들었다.

"저기······4명 모두 예뻐."

"당연하지."

"당연하죠."

"당연하잖아."

"당연한 거야."

유카타 차림을 칭찬해 봐도 돌아오는 건 쌀쌀맞은 대답.

"······자, 자, 모처럼 축제에 왔으니까 다 같이 돌아보자."

정신을 가다듬고 말을 꺼낸 케이키가 신사 입구를 지나가자 아직 납득이 가지 않는 듯한 얼굴을 하면서도 여자들이 뒤를 따랐다.

뚱하게 있던 그녀들도 일단 포장마차를 둘러보는 사이에 표정이 확 달라졌다.

마오에게 닭꼬치를 사주고 유이카에게 익살스러운 가면을 씌우면서 웃고 미즈하와 물 풍선 낚시로 승부하고 사유키가 케이키의 사과 사탕을 한 입 베어 물기도 하면서 다섯 명이 축제를 즐기고 있었다.

노점이 줄지어 있는 참배 길을 걸어가면서 케이키가 마오에게 말을 걸었다.

　"난죠와는 요즘 통 못 만났는데 어떻게 지냈어?"

　"난 대체적으로 방에 틀어박혀서 원고를 그리고 있었지. 유이카는?"

　"백중맞이에 아버지 본가에 갔었는데 나머지는 대체로 집에서 책을 읽었어요. 마녀 선배는요?"

　"나? 글쎄……나는 케이키랑 데이트했어."

　"……네?"

　마녀 선배인 토키하라 사유키의 발언에 유이카의 표정이 얼어붙었다.

　"그건 어떻게 된 건가요? 마녀 선배?"

　"어떻게 됐냐니, 말 그대로의 의미야. 같이 영화를 보고 커피숍에서 이야기를 나누고 그날은 그대로 같은 침대에서 잠들었어."

　"같은 침대?!"

　차례차례 밝혀지는 새로운 사실에 후배가 깜짝 놀랐다.

　"분명 오빠가 내가 없는 틈에 토키하라 선배를 데리고 왔었지."

　여동생이 담담한 말투로 결정적인 정보를 제공하면서 상황은 더더욱 악화.

　"……케이키 선배? 이게 다 어떻게 된 거예요?"

"그럼 이번에는 뭘 먹을까?"

추궁을 피하기 위해 음식 노점으로 시선을 돌리다가 오코노미야키 포장마차에서 일하고 있던 잘 아는 소녀와 눈이 마주쳤다.

"어라, 코하루 선배?"

"키류. 다 함께 왔군요."

유카타 차림의 코하루가 철판 너머에서 상냥한 미소를 띠었다.

"코하루 선배는 포장마차 알바 중이에요?"

"이 포장마차는 우리 회사에서 나온 거예요."

"아, 그래서 도와주고 있었던 거군요."

"참고로 나도 있어."

"뭐야, 쇼마도 도와주고 있었던 거야?"

포장마차 뒤쪽에서 상자를 든 꽃미남이 모습을 드러냈다.

쇼마는 유카타가 아닌 케이키처럼 평범한 사복 차림이었다.

"……오오토리가 일하면 여러 가지로 괜찮을지 불안해져. 노동기준법이라던가."

"무슨 뜻이에요? 난 이래 봬도 고등학생이에요."

사유키의 발언에 툴툴거리며 볼을 부풀리는 코하루.

그러는 사이 포장마차로 젊은 커플 손님이 찾아왔다.

코하루가 웃는 얼굴로 대응하며 음식을 건네고 돈을 받았다.

그 이후 잇따라 다른 손님들이 찾아왔고 그녀는 똑같이 접객했다.

"왠지 바쁜 것 같네요."

"네에. 실은 가게를 봐주기로 한 분이 갑자기 아파서 쓰러졌거든요. 사람이 부족해요. 하지만 쇼마가 도와줘서 어떻게든—."

"우와, 큰일 났어, 코하루! 양배추가 슬슬 다 떨어져 가!"

"네에?!"

아무래도 재료가 품귀 상태에 빠진 것 같았다.

서둘러 상자를 확인한 코하루가 쇼마에게 지시를 내렸다.

"양배추가 없으면 오코노미야키를 만들 수 없어요. 쇼마, 서둘러 양배추를 사오세요!"

"코하루를 위해서라면 지구 뒤편으로 가서라도 양배추를 사올게!"

"그냥 근처 슈퍼에서 사오면 돼요!"

부부만담을 전개하며 쇼마가 양배추를 구하러 출발했다.

운동부라 그런지 꽤 빠른 속도였다.

그 뒷모습을 배웅하던 코하루가 곤란한 표정으로 케이키와 무리들을 바라보았다.

"저기……무리한 부탁일지도 모르지만 쇼마가 돌아올 때까지 누가 가게를 좀 도와줄 수 없을까요?"

오늘은 손님도 꽤 많이 오고 있었다.

코하루 선배 혼자서 조리와 판매를 해내기에는 힘들겠지.

"좋아요. 나라도 괜찮다면 도와줄게요."

"정말요?!"

"네에, 소스에서 좀 탄 냄새가 날지도 모르지만."

"……."

케이키의 발언에 코하루의 입가가 굳어졌다.

"……저기, 미안하지만 가능하면 요리를 잘하는 사람에게 부탁하고 싶은데."

"요리를 잘하는 사람이라면……."

코하루의 말에 멤버 전원의 시선이 한 여자아이에게 집중되었다.

"……뭐? 나?"

주목을 받으며 눈을 끔뻑거리는 그녀.

케이키의 여동생으로 키류 가의 셰프이기도 한 키류 미즈하, 그 사람이었다.

그녀가 집안일에 만능이라는 건 여기 있는 전원이 알고 있었다.

"뭐, 미즈하가 적임자겠지. 사유키 선배는 계란말이를 스크램블 에그로 바꾸는 사람이니까."

"서툴러서 미안하네요."

"유이카도 계란말이 정도는 만들 수 있어요."

"코가, 지금 나한테 시비 거는 거야?"

사유키와 유이카가 사이좋게 싸움을 시작하는 와중에 코하루가 미즈하에게 다가갔다.

"미즈하, 부탁이에요! 물론 알바비도 줄게요!"

"미즈하. 코하루 선배가 곤란해 하고 있는 것 같은데. 좀 도와주면 안 될까?"

"음— 알았어. 곤란할 때는 서로 도와야 하는 법이니까."

"정말 고마워요!"

소매를 걷어 올리고 미즈하가 포장마차 안에 서서 코하루와 오코노미야키를 만들기 시작했다.

귀여운 점원이 둘이서 요리를 하는 포장마차였다. 손님이 많아지는 건 틀림없겠지.

"……럭키. 이걸로 한 명 탈락했어."

"응? 사유키 선배, 뭐라고 했어요?"

"아무것도 아니야. 정말 아무것도 아니야."

후배의 질문에 사유키는 대답을 얼버무리며,

"……오늘은 무슨 일이 있어도 둘만 남을 거야."

그런 말을 아무에게도 들리지 않을 작은 목소리로 중얼거렸다.

"……난죠는 정말 다재다능하네."

"그래? 이 정도는 별것 아니잖아."

미즈하가 빠진 후 들른 사격장에서 마오가 경품을 획득하고 있었다.

게임 센터에서도 격투게임 중 상급자를 울려버린 마오였지만 이런 아날로그 게임에도 재능이 있는 것 같았다.

그림도 잘 그리고 수영장에서는 깔끔하게 헤엄치는 모습도 보여주었다.

그녀는 케이키가 생각한 것 이상으로 고스펙일지도 모른다.

"요령은 딸 수 없을 것 같은 건 얼른 포기하는 거야. 총알을 맞고 쓰러지는 이미지가 떠오르지 않는 건 절대로 노리면 안 돼."

"난죠는 뭐야? 무슨 프로야?"

"뭐든 원하는 게 있으면 내가 구해줄게."

"아, 그거라면 유이카는 저걸 갖고 싶어요. 저 건방진 얼굴의 개구리."

"오케이. ……에잇."

마오가 쏜 코르크는 멋지게 인형의 이마에 명중했고 목표로 했던 개구리를 넘어뜨렸다.

"자, 여기."

"와아, 감사합니다. 이 아이의 이름은 궁니르라고 할게요."

"개구리 주제에 괜히 강해 보이는 이름이네."

"그게 좋지 않아요? 마녀 선배에게는 특별히 쓰다듬게 해줄게요."

"딱히 필요 없거든."

사격장을 뒤로 한 4명은 축제용으로 가설된 휴식 공간으로 이동했다.

테이블에 획득한 경품을 올려두고 의자에 앉은 마오가 만족스럽게 웃었다.

"우히히, 대박이야, 대박."

"난죠, 뭔가 기분이 좋아 보이네."

"계속 방에 처박혀서 원고만 그렸으니까. 기분 전환이 돼서 만족한 걸까? ─아, 그렇지, 키류. 타코야키 좀 사와. 덤으로 음료수도."

"난 심부름꾼이야? ……뭐, 상관은 없지만."

"상관없구나. 그럼 주스는 탄산계열로 부탁할게."

"아, 유이카도 갈게요. 혼자선 힘들 테니까."

"고마워. 사유키 선배는 뭐 드실래요?"

"글쎄. ……그럼 오렌지 주스로."

"알겠어요. 그럼 잠깐 다녀올게요."

"후후후, 마녀 선배만 맛없는 블랙커피로 갖고 올게요."

귀여운 미소로 음침한 말을 하는 유이카와 케이키가 음료수를 사러 가고 후배 두 명의 뒷모습을 바라보던 사유키는 피식 거리며 입가를 풀었다.

"……이건 기회야, 난 기회를 놓치지 않는 여자지."

좋아, 라고 마음속으로 기합을 넣고.

찬스를 놓치지 않는 여자 토키하라 사유키는 마오에게 다가갔다.

"저기, 난죠."

"응? 왜요, 부장?"

"실은 흥미진진한 정보가 있는데."

"흥미진진한 정보?"

"저기……방금 저기 수풀 안쪽에서 젊은 남자들이 농밀하게 헐떡이는 소리가 들렸어."

"뭐……라고요?"

사유키의 말에 마오의 눈빛이 변했다.

"여름 축제날 밤, 속박에서 벗어난 남자들이 짐승처럼 관계를 갖는……다고?"

"아니, 그렇게까진 말하지 않았는데……."

"이건 확인하지 않으면 안 되겠네요."

그녀에게 전해들은 정보는 BL 작가로서 무시할 수 없는 황금 같은 정보.

이럴 때를 위해 구입한 고성능 카메라가 달린 스마트폰을 손에 들고 지금부터 전쟁에 임하는 병사 같은 얼굴로 마오가 자리에서 일어났다.

그때, 마침 음식을 사온 케이키와 유이카가 돌아왔다.

"어라, 난죠? 어디 가는 거야?"

"미안. 소생은 급한 일이 생각났다네."

"났다네……? 소생이라니……. 그것보다 타코야키는?"

"키류에게 줄게. ······후후후. 기다려라, 젊은 몸을 주체하지 못하는 남자들이여! 그 뜨겁고 비정상적인 현장을 반드시 포착해줄 테니까!"

이렇게 마오는 동인지 소재를 구하기 위해 수풀 안쪽으로 사라졌다.

"대체 뭐야?"

"뭘까요?"

수수께끼투성이의 전개를 따라가지 못하고 고개를 갸우뚱거리는 케이키와 유이카.

그 뒤에서 사유키가 조용히 웃었다.

"······후후후, 계획대로야. 던진 것처럼 보이게 하고 실제로는 던지지 않은 공을 찾는 강아지처럼 존재하지 않는 남자들을 계속 찾아다니도록 해. 이걸로 방해꾼은 앞으로 한 명······!"

불온한 중얼거림은 케이키와 유이카에겐 닿지 않았고 사유키의 계획은 남몰래 착착 진행되고 있었다.

마오가 따로 행동을 하게 되고 멤버는 케이키와 사유키와 유이카 3명이 되었다.

"잠깐 코가, 케이키에게 너무 붙은 거 아니야?"

"네—? 이 정도는 괜찮잖아요."

유카타 차림의 두 미소녀가 좌우에서 그를 붙잡고 있었고 양손에 꽃을 든 케이키는 주목을 받고 있었다.

그게 그저 부끄러웠고 남성들의 시선이 따가웠다.

"그럼 케이키를 걸고 승부하지 않을래? 이긴 쪽이 케이키와 둘이서만 축제를 돌아보는 걸로."

"재미있을 것 같네요. 좋아요, 받아들일게요!"

"아니, 역시 나의 의사는 무시되는구나……."

케이키가 멋대로 상품이 된 와중에 사유키가 꺼낸 승부는 뽑기였다.

승부에 사용되는 건 설탕이나 젤라틴으로 만들어진 판상과자로 그 위에 그려진 그림 부분만 바늘을 이용해 망가뜨리지 않고 잘라내면 난이도에 걸맞은 경품을 받을 수 있었다.

"아저씨, 이 가게에서 가장 난이도가 높은 모양으로 2개 주세요."

주문을 받고 포장마차 주인이 2개의 과자를 꺼냈다.

"우와……이건 튤립이잖아."

튤립은 줄기 부분이 몇 미리밖에 안 되는 고난이도의 모양이었다.

"나도 어릴 때 도전한 적 있는데 평소처럼 하면 일단 도중에 부러져."

"어머, 어려우면 어려운 만큼 솜씨를 보여주고 싶어서 좀이 쑤시는걸."

"그래요, 케이키 선배. 유이카가 화려하게 바늘 다루는 솜씨를 보여줄게요."

"뭐, 두 사람이 좋다면 상관없지만."

"심사위원은 포장마차 주인이야. 경품을 건네주고 싶지 않아서 세세하게 트집을 잡을 테니까 그들의 심사는 굉장히 엄격하지."

"바라던 바예요!"

"케이키는 시작 신호를 부탁해."

사유키와 유이카가 배정된 곳에 자리를 잡았다. 포장마차 옆에 놓인 테이블에 뽑기를 두고 의자에 앉은 두 사람의 손에는 가는 바늘이 쥐어져 있었다.

"그럼…… 스타트!"

그 신호를 시작으로 두 사람은 동시에 뽑기를 개시했다.

"마녀 선배에게는 미안하지만 유이카는 진심으로 할 거예요! 우선 주위 여백 부분을 손으로 자르고……."

적당히 그림 주변을 제거하고 튤립 모양의 홈을 바늘로 덧그려갔다.

"으음, 역시 이 줄기 부분이 난관이네요……."

튤립은 상당한 상급자가 아니면 깎아낼 수 없는 모양이었다.

"하지만 천천히 공격하면……."

확실히 튤립은 어려웠다. 하지만 유이카에겐 자신이 있었다. 왜냐하면 그녀는 이런 세세한 작업에 능숙했기 때문이다.

내버려두면 온종일 계속 책을 읽고 있을 수 있는 높은 집중력과 하룻밤 만에 집사복을 만들어 낼 수 있는 손재주를 갖고 있었다. 그 손재주를 최대한 발휘해서 이성의 옷을 조금씩 벗기는 모습을 상상하며 모양을 깎아냈다.

"하하, 꽤 부끄럼을 잘 타는 사람이군요. 하지만 슬슬 한계잖아요? 자, 각오하세요……! 유이카의 테크닉으로 마지막까지 벗겨줄 테니까!"

천사의 미소로 아슬아슬한 발언을 늘어놓으면서 작업을 진행했고,

"이 승부— 내가 이겼어요!"

시작하고 몇 분 후, 유이카는 멋지게 튤립 모양을 벗겨냈다.

"후후후, 어때요? 이 솜씨!"

타협 없는 완벽한 완성도에 승리를 확신했다.

하지만—.

"……잠깐, 어라?"

유이카가 정신을 차렸을 때, 그곳에는 아무도 없었다.

같이 모양을 벗겨내고 있어야 할 사유키도 옆에서 보고 있어야 할 케이키도 깨끗하게 그 모습이 사라지고 없었다.

"마녀 선배 이 사기꾼!!!!!!!!!!!!!!!!!!!!!!!!!!!!!!"

꺼림칙한 글래머 마녀에게 속았다는 사실을 유이카가 겨우 눈치 챈 것이다.

뽑기에 집중하는 유이카를 남겨두고 포장마차를 뒤로 한 사유키와 케이키가 걷고 있는 곳은 신사 뒤편으로 이어지는

숲속이었다.

"사유키 선배, 역시 유이카가 좀 불쌍한 것 같은데요."

"코가에게는 수영장 결투에서 졌는걸. 이번에는 무슨 수를 써서라도 이기고 싶었어. 게다가 코가를 두고 날 따라온 케이키도 공범 아니야?"

"그건 선배가 '따라오지 않으면 케이키가 엉덩이 만진 걸 여동생에게 불어버릴 거야'라고 협박했기 때문이잖아요!"

"케이키가 내 엉덩이를 만진 건 사실이잖아."

"……그래서 우린 지금 어디로 가는 건가요?"

"도착할 때까지 기대해줘."

뒤를 돌아보며 귀엽게 윙크를 날리고 다시 걷기 시작한 그녀의 등 뒤를 쫓았다.

어두운 숲을 빠져나오자 그곳은 완만한 언덕 위였다.

방해하는 것이 아무것도 없는, 밤하늘과 마을을 내려다볼 수 있는 장소.

"흐음, 이런 곳이 있었군요."

"이쪽이야."

사유키가 가리킨 곳은 여기보다 조금 더 높은 장소.

경사면을 좀 걸어가자 거기에는 적당한 바위 표면이 있었고 케이키는 사유키의 재촉에 못 이겨 그 자리에 앉았다.

옆에 앉은 그녀가 안심한 듯 숨을 토해냈다.

"그럭저럭 늦지 않은 것 같네."

"뭐가요?"

"금방 알 수 있을 거야."

그렇게만 대답하고 사유키는 하늘 쪽으로 시선을 옮겼다.

케이키도 덩달아 시선을 옮겼을 때 깜깜한 여름 하늘을 불꽃의 빛이 환하게 비추었다.

"아……."

피었다가 사라지는 큰 꽃송이. 뒤늦게 울리는 흐릿한 소리. 강변에서 쏘아올린 불꽃이 서서히 밤하늘을 물들여갔다.

"……예쁘다."

"……그러네요."

마을에서는 매년 여름 축제 밤에 불꽃을 쏘아 올렸다.

누구에게도 방해받지 않고 불꽃을 감상할 수 있는 이 언덕은 최고의 특등석이었다.

"여름방학, 즐거웠어."

"그러게요. 왠지 지금까지 중에 가장 충실한 여름이었던 것 같아요."

"케이키와도 많은 추억을 만들어서 다행이야. 함께 무서운 영화를 보고 게임을 하고 침대 안에서 격렬하게 사랑을 나누기도 했지."

"마지막 일은 없었거든요."

생각해보면 올해 여름방학은 정말 많은 일들이 있었다.

마오와 취재 데이트를 하고 메이드 차림의 유이카를 귀여워하고 모두와 함께 수영장에 가고.

그리고— 팬티를 떨어뜨린 신데렐라의 정체가 판명되고.

"하지만 마지막 여름방학에 케이키와 불꽃을 볼 수 있어서 다행이야."

"……그렇구나. 선배에게는 마지막 여름방학이네요."

고등학교에 들어온 이후 당연한 것처럼 옆에 있었지만 계속 함께 있을 순 없었다. 한 살 연상인 그녀는 케이키보다 1년 빨리 졸업하게 된다.

"이 언덕은 우리 엄마가 가르쳐준 장소야."

"그런가요?"

"엄마가 학생 때 아버지에게 프러포즈 받은 장소거든."

"아, 네에……그렇군요."

"아버지에게는 비밀이지만. 여름 축제날 밤에 쏘아올린 불꽃을 보면서 고백을 받았다고 가르쳐줬어. 흔하지만 꽤 로맨틱하다고 생각하지 않아?"

그렇게 말하며 그녀는 케이키의 손에 자신의 손을 겹쳤다.

"선배……?"

옆을 돌아보자 거긴 이쪽을 바라보는 빨려 들어갈 것 같은 눈동자가 있었다.

"저기, 케이키? 키스— 할래?"

"네……?"

속삭이는 듯한 목소리로 자아내는 제안에 심장이 날뛰었다.

골똘히 생각하는 그녀의 표정이 이게 농담의 부류가 아니라는 걸 알려주고 있었다.

　"나 말이야, 내가 생각한 것 이상으로 질투가 심한 것 같아. 마음에 드는 남자 주변에 멋진 여자아이들만 있으면 신경 쓰이고 불안해져. 가능하면 넌 나만의 너로 있어 줬으면 좋겠어. 그걸 위해선— 관계를 계속 이어 나가야 할 필요가 있을 것 같지 않아?"

　"사유키……선배?"

　"그러니까 이건 그 수단—."

　결의의 말을 내뱉으며 사유키가 그 몸을 기대왔다.

　몇 개의 불꽃이 비치는 언덕에서 그녀의 입술이 천천히 다가왔고—.

　"앗?! 이런 곳에 있었구나!"

　그렇게 귀여운 후배의 목소리에 케이키는 현실로 되돌아왔다.

　"유이카?!"

　"정말, 날 내버려 두고 가버리다니 너무한 거 아니에요?!"

　"저기, 부장, 수풀 속에 서로 엉켜있는 남자들은 없었어요!"

　"오빠, 포장마차 돕는 건 끝났어."

　절찬 분노 중인 유이카에 이어 마오와 미즈하도 다가왔다.

"뭐야, 뭐야, 딱 좋을 때 방해꾼이 나타났네."

쓰게 웃으면서 몸을 뗀 사유키는 천천히 몸을 일으켰다.

"뭐, 이번에는 이 정도로 할까? 둘이서 불꽃을 본다는 목적은 달성했으니까. 나머지는 또 다음에 하자—알겠지?"

살며시 고개를 갸웃거리며 그렇게 말하곤 그녀는 부드럽게 미소 지었다.

그렇게 아무렇지도 않은 행동에 일일이 두근거리고 마는 자신이 한심했다.

"……정말 이 사람은 몇 번이나 날 혼란스럽게 해야 만족할까……?"

어차피 지금 전개도 그대로 이어졌다면 '키스해줬으니까 나의 주인님이 되어줘야 해'라는 변태 소녀 특유의 안타까운 결말로 끝났을 것이다.

(우와, 정말 그럴 것 같아서 기분이 안 좋아…….)

모처럼의 로맨틱한 분위기가 깨지고 말았다.

그런 생각을 하고 있는데 바로 옆까지 다가온 유이카가 그의 얼굴을 들여다보았다.

"뭐 하는 거예요? 케이키 선배? 아직 축제는 끝나지 않았어요."

"우리를 방치해두고 부장님과 즐겼던 키류에게는 소지금이 제로가 될 때까지 얻어먹을 거야."

"……오빠는 바람둥이야."

"바람둥이?!"

제멋대로 말하며 '빨리, 빨리'라고 재촉하는 서예부 부원들과 미즈하.

먼저 신사 쪽으로 걸음을 옮기는 그녀들의 뒤를 케이키와 사유키가 따라갔다.

완만한 언덕 경사면을 내려가는 도중 살짝 뒤에서 걸어오고 있던 사유키가 무언가에 걸려 휘청거리며 자세가 흐트러졌다.

"꺄악?!"

"응……?"

짧은 비명에 반응해 뒤를 돌아본 케이키의 시야에 비춰진 건 자신을 향해 쓰러지는 상급생의 모습—.

다음 순간 마치 영화 속 한 장면처럼 두 사람의 입술이 겹쳐졌다.

"으읍……?!"

접촉은 정말 한 순간.

부드러운 감촉이 전신을 훑었고 머리가 단숨에 끓어올랐다.

케이키가 순간적으로 사유키를 받아냈기 때문에 큰일로 이르지는 않았지만 다른 의미로 대사건이었다.

몸을 뗀 사유키는 멍한 표정으로 자신의 입술에 손가락을 가져다댔다.

"사, 사유키……선배?"

"웃?!"

이름을 불린 그녀는 얼굴을 새빨갛게 물들이며 홱 등을 돌렸다.

평소의 그녀답지 않은 순진무구한 소녀 같은 반응에 당황하고 말았다.

아까는 직접 '키스할래?'라고 말한 주제에 이 불의의 습격은 감당이 안 되는 것 같았다.

"잠깐, 두 사람 다 혼잡한 틈을 타서 뭐 하는 거예요?!"

"키스?! 지금 이 녀석들 키스하지 않았어?!"

"오빠……."

"사고야! 방금 그건 불행한 사고라고!"

그 이후 케이키와 사유키의 결정적 순간을 목격한 유이카와 모두의 목소리가 불꽃보다 성대하게 축제의 밤을 떠들썩하게 만들었다.

신사에서 돌아가는 길, 옆에서 걷고 있는 미즈하는 굉장히 기분이 안 좋았다.

굳은 표정도, 쌀쌀맞은 태도도, 어딘지 모르게 난폭한 걸음도 알기 쉽게 현재 그녀의 마음을 표현하고 있었다.

"아……저기, 아까 일로 화난 거야?"

"별로?"

"그, 그래?"

"그치만 사고니까. 아무도 잘못하지 않았잖아. 애초에 누구랑 키스하던 오빠 자유고."

"으, 응……."

그런 것치고는 말투가 심술궂은 건 어떻게도 되지 않는 모양이었다.

어색한 분위기로 여동생과 둘이서 오래 살아 정든 마을의 자택을 향해 걸어갔다.

미즈하가 익숙하지 않은 나막신을 신고 있었기 때문에 평소보다 천천히.

신사를 나와 얼마 동안은 유카타 차림의 사람들이 드문드문 보였지만 집 근처에 다다랐을 때 주위에 인기척은 거의 사라진 뒤였다.

"……오빠는 토키하라 선배를 좋아해?"

"뭐어?!"

예상치 못한 질문에 그 자리에 멈춰 섰다.

그와 함께 걸음을 멈춘 미즈하가 무언가를 확인하려는 듯 빤히 바라보았다.

"토키하라 선배를 좋아해?"

"아니, 왜 그렇게 되는 건데?"

"그치만 오빠는 가슴 큰 여자를 좋아하니까."

"난 가슴 크기로 여자를 선택하지 않아."

"정말? 그렇게 선배의 가슴을 힐끔거리며 봤으면서?"

"내가 그렇게 선배의 가슴을 많이 쳐다봤어?"

"보고 있었어."

즉답이었다.

"그리고 오빠는 연상을 좋아하는 것 같고."

"뭘 근거로……."

"여자의 감이야."

"뭐지? 전혀 근거가 없는데 이 미묘한 설득력은……."

"그래서? 오빠는 선배를 어떻게 생각해?"

"어떻게 생각하냐고 물어봤자……그거야 사유키 선배는 미인이고, 글래머에다 비교적 스트라이크 존에 들어오는 건 부정할 수 없지만……그래도 그 사람, 도M의 변태야."

"……흐음, 그렇구나. 비교적 스트라이크 존에 들어가는 거야?"

"뭐야? 내 이야기, 제대로 듣고 있어?"

"충분히 제대로 듣고 있어! 이제 나도 몰라! 오빠는 바보야."

감정적으로 뱉어 버린 미즈하가 빙글 발길을 돌렸다.

그대로 뛰어서 케이키를 내버려 두고 가버리려다

"—꺄악?!"

몇 걸음 걸어가던 그녀는 갑자기 움직임을 멈추고 그 자리에 무릎을 꿇었다.

"미즈하?! 왜 그래?!"

"아, 나막신이……."

살펴보니 나막신의 끈이 끊어져 있었다.

뛸 걸 예상하고 만들어지지 않았는데 난폭하게 다룬 게 원인이겠지.

"그래서야 뛰어서 갈 수 없겠네."

"……됐어. 맨발로 갈래."

"너 바보야? ……자, 업어줄 테니까 같이 가자."

어린애 같은 말을 하는 여동생 앞에 웅크리고 등을 내밀 었다.

미즈하는 그 모습을 보고 좀 망설이다.

"……부탁할게."

최종적으로는 솔직하게 몸을 기댔다.

"……무겁지 않아?"

"무겁지 않아. 전에도 말했지만 미즈하는 너무 가벼울 정 도야."

"그러면 상관없지만……."

"그리고 부드러운 게 등에 닿아서 기분이 좀 좋아."

"……오빠는 야해."

여동생을 업고 집으로 돌아가는 도중이던 길을 다시 걷기 시작했다.

그 이후 시간이 좀 흐르고 얼마간 아무 말 없었던 미즈하 가 머뭇거리며 입을 열었다.

"……오빠, 미안해."

"괜찮다니까, 이 정도는."

"그게 아니라. 멋대로 화내고 질투해서 미안해."

"……괜찮아. 그 정도는."

"괜찮아? 성가신 여자애라고 생각하지 않아?"

"귀여운 여자아이가 질투하는 건 좀 기쁜 일이니까."

"……오빠는 너무 단순한 것 같아."

"남자들은 전부 단순해."

무뚝뚝하게 대답하자 귀 바로 뒤에서 작게 웃음소리가 들렸다.

"오늘 오코노미야키 노점을 도와주면서 오오토리 선배랑 이야기를 많이 나눴어."

"코하루 선배랑?"

"오빠가 사랑의 큐피드였다는 이야기도 들었어."

"아……."

케이키가 신데렐라 찾기에 분주했을 때 쇼마의 스토커였던 코하루에게 약점을 잡혀 그녀의 사랑을 성취시키기 위한 협력을 요청받았다.

처음에는 로리콘과 상급생의 사랑은 무리한 게임이라고 생각했지만 코하루의 실제 나이를 숨기고 후배로서 쇼마를 공략한다는 비법을 사용하고 더블데이트를 기획하고 최종적으로 두 사람은 좋은 분위기의 관계가 되었다.

"오오토리 선배, 오빠에게 굉장히 고마워했어."

"그래? 그거 기쁜 일이네."

"그리고 오빠가 신데렐라를 찾았을 때의 일도 들었어."

"뭐?"

생각도 하지 못했던 화제가 나와 무의식적으로 걸음을 멈췄다.

"오빠가 오오토리 선배랑 만났다는 건 알고 있었으니까 넌지시 떠봤어. 선배랑 쇼마가 신데렐라 찾기에 협력해줬다며? —아, 그래. 오오토리 선배가 오빠에게 전언이 있대. '멋대로 말해버려서 미안해'라고."

"그건 딱히 상관없는데. 코하루 선배에게 아무것도 못 들었어?"

"오빠가 열심히 신데렐라를 찾아줬다는 것. 그걸 듣고 나 굉장히 기뻤어."

"미즈하……."

"연인을 손에 넣으면 굉장히 정답게 엉겨 붙어 지내고 싶다는 욕망 가득한 말도 했지만."

"아니, 응…… 욕망 가득한 오빠라서 미안해."

"딱히 화가 난 건 아니야. 난 오빠가 어째서 노력했는지 알고 있으니까."

"그러니까 그건 연인을 손에 넣기 위해서였어."

"그것만이 아니잖아. 장난일지도 모르는 러브레터의 발신인을 보통은 필사적으로 찾지 않잖아? 이 이야기 속 왕자님은 분명 신데렐라가 편지에 담은 마음을 무시하지 못해서 그 대답을 하기 위해 노력한 거겠지?"

"……글쎄. 그 왕자님은 단순히 귀여운 연인이 갖고 싶었던 것뿐인 것 같은데?"

"어라, 혹시 쑥스러워 하는 거야?"

"……쑥스러워 하는 거 아니야."

역시 미즈하에게는 당해낼 수 없었다.

남매라서 오랜 시간 공유한 만큼 상대에 대해 잘 알고 있고 잘 알려져 있었다.

그래도 이렇게 정확하게 정곡을 찔리면 마음을 꿰뚫린 것 같은 기분이 든다.

"……저기, 오빠?"

"응?"

"—쪽."

"으윽?!"

미즈하의 부름에 고개를 돌린 순간 뺨에 키스를 받았다.

깜짝 놀라 굳어버린 오빠의 어깨에 미즈하가 어리광 부리듯 뺨을 올렸다.

"키스는 금지지만 뺨이라면 괜찮지? 토키하라 선배랑 키스한 건 이걸로 용서해줄게."

"……그런 짓을 당하면 무심코 사랑에 빠지게 되잖아."

"그건 오히려 바라던 바거든."

"말은 잘한다니까……."

멋쩍음을 숨기려는 게 빤히 들여다보이는 애드리브를 토해내고 멈췄던 다리를 움직였다.

빨라진 심장 소리가 그녀에게 전해지지 않기를 바라면서.

◇

여름방학이 끝나고 시작된 신학기 첫날.

방과 후 부실에 케이키와 사유키 두 사람의 모습이 보였다.

선배는 다다미가 깔린 공간에서 붓을 손에 들고 연습지를 마주하고 있었고 후배는 의자에 앉아 책을 펼치고 있었다.

오랜만에 하복을 입은 두 사람 사이에 있는 건 여름 축제 날 밤부터 이어진 미묘한 분위기.

케이키로서는 사유키가 연습지에 오로지 '평상심'이라고 계속 쓰고 있는 것도 신경 쓰였다.

"……저기, 사유키 선배?"

"꺄악?! ……아, 왜?"

"여름 축제 때는 저기……죄송했어요."

키스라는 말은 꺼내지 못한 채 말을 흐렸지만 의도는 정확하게 전해진 듯 그녀의 뺨이 살짝 붉어졌다.

"그, 그거 말이지……? 난 괜찮아. 신경 안 쓰니까."

"정말 죄송해요."

"사과 안 해도 돼. 발에 걸려 넘어진 내가 잘못한 거니까. 게다가 난…… 싫지 않았어."

"네?"

사유키의 의미심장한 발언에 부실 분위기가 더더욱 미묘하게 변했다.

"저기, 사유키 선배, 그건—."

결심하고 진의를 확인하려던 그때, 부실 문을 누군가가 조심스럽게 두들겼다.

부장인 사유키가 '들어오세요'라고 대답하자 가방을 손에 든 미즈하가 들어왔다.

"미즈하? 무슨 일이야?"

"아— 저기, 저도 서예부에 입부하려고요."

"입부? 미즈하가?"

정말 금시초문이라 당황한 케이키를 곁눈질하며 미즈하는 저벅저벅 다다미가 깔린 공간으로 향했다.

"토키하라 선배, 입부서예요."

"좀 볼게."

입부서를 받아든 사유키가 잽싸게 종이를 훑어보았다.

"기입에는 특별히 문제없는 것 같네. ……하지만 간단히 입부를 인정하는 것도 재미가 없으니까 뭔가 테스트라도 해볼까?"

"테스트 말인가요?"

"또 이 사람은 그 자리에서 즉흥적으로……."

분명 유이카가 입부했을 때는 바니걸 의상을 입혔다.

(미즈하도 바니걸을 시키려나? ……응? 뭐지? 그거 엄청 보고 싶어.)

노출벽이 있다고는 해도 외모는 미소녀인 미즈하였다.

그녀의 바니걸 모습은 틀림없이 흥분되는 모습이겠지.

"음— 하지만 오늘은 아무것도 준비하지 않았으니까. 가볍게 면접이라도 볼까? 거기 앉아볼래?"

"알겠어요."

솔직하게 그녀의 말에 따라 신발을 벗은 미즈하가 사유키의 정면, 다다미 위에 정좌했다.

"그럼 우선— 미즈하의 지망 동기는?"

"그냥 입니다."

"특기는?"

"집안일 전반입니다. 굳이 말하자면 청소를 좋아합니다."

"채용할게. 부실 위생관리는 미즈하에게 일임할게."

"그건 사유키 선배가 청소하기 싫어서 그런 것뿐이잖아요……."

채용하는 쪽의 의도가 뻔히 보였다.

입부가 결정되고 신발을 다시 신은 미즈하가 의자에 앉아 있는 케이키의 옆으로 다가왔다.

"오빠, 앞으로는 서예부에서도 잘 부탁할게."

"그래, 잘 부탁해……아니, 잠깐, 미즈하?!"

케이키가 당황해 목소리를 높인 건 미즈하가 사유키에게 보이지 않게 한쪽 손으로 자신의 치마를 젖히고 '신데렐라 팬티'를 보여줬기 때문.

당황하는 오빠의 반응에 귀여운 노출광은 기분 좋게 웃었다.

신데렐라는 왕자의 귓가에 입술을 내밀고,

"—내가 입부한 이상, 이제 다른 아이는 눈에 들어오지 않게 해줄게."

그렇게 고백으로도 선전포고로도 들리는 대사를 속삭였다.

(……어째서 이렇게 된 거지?)

그곳은 어두컴컴하고 좁고 숨을 쉬기 힘든 밀실이었다.

천장 근처에 설치된 작은 창으로 들어오는 석양만이 유일한 빛줄기.

그런 장소에서 바닥에 앉은 케이키에게 밀착해 형태 좋은 가슴을 눌러대고 있는 건 앞머리로 한쪽 눈을 가린 소녀.

"하아……하아……."

열에 들뜬 것처럼 뜨거운 한숨을 내쉬는 그녀는 왠지 여러 가지 한계를 맞이한 듯한 괴로운 표정을 짓고 있었고 역시 케이키도 이성을 유지하는 게 한계였다.

"키류……."

"후, 후지모토……?"

"키류……좀 단단해졌어."

"잠깐만, 어딜 만지는 거야?!"

혼잡한 틈을 타 터무니없는 부분을 쓰다듬는 그녀에게 케이키는 필사적으로 저항했다.

(……정말, 왜 이런 일이 생긴 거지?)

흐리멍덩한 머리로 케이키는 이 상황에 이르게 된 경위를 돌이켜 보았다.

◇

신학기가 시작되고 며칠이 지난 어느 날 방과 후.

서예부 부실에는 부원 전원이 모여 제각각의 시간을 보내고 있었다.

사유키는 서예, 유이카는 그림책 제작, 마오는 만화 원고 작성.

그리고 새로 입부한 미즈하는 레시피 책을 펼치고 요리 연구에 힘썼고 케이키는 도서실에서 빌린 여동생물 라이트 노벨을 읽고 있었다.

왜 여동생물 라이트 노벨이냐고 묻는다면 자신의 메마른 마음을 치유하기 위해서였다.

내가 이러는 것도 이 서예부에는 문제가 있기 때문——.

"후우……왠지 요즘, 창작의 매너리즘에 빠진 것 같아. 이럴 때는 케이키에게 심한 체벌을 받는 망상으로 스스로 분발할 수밖에 없겠지."

변태 넘버 1.

남자 후배의 펫이 되고 싶은 도M의 선배, 토키하라 사유키.

"마녀 선배는 여전히 어쩔 수 없는 변태네요. ——그런데 유이카로서는 오히려 케이키 선배에게 심한 체벌을 주고 싶어요."

변태 넘버 2.

남자 선배를 노예로 만들고 싶어 하는 도S 후배, 코가 유이카.

　"저기, 키류? 만화에 참고로 하고 싶으니까 거기서 남자에게 넘어뜨려졌을 때의 표정을 지어봐 줄래?"

　변태 넘버 3.

　동급생 남학생을 모델로 BL 만화를 그려내는 부녀자, 난죠 마오.

　"후우……왠지 오늘은 덥네, 오빠?"

　변태 넘버 4.

　셔츠 소매에 손가락을 걸고 자연스럽게 브래지어를 언뜻 보여주는 노출광 여동생, 키류 미즈하.

　—이런 느낌으로 이 서예부의 여자부원 전원이 변태였다.

　자기 이외의 부원이 변태 소녀로 구성된 이 서예부는 정말 변태 사막.

　결정적이었던 건 마지막 보루였던 미즈하까지 특수성벽의 소유자였다는 것으로, 유일한 오아시스를 잃어버린 케이키는 2차원의 여동생을 귀여워하면서 메마른 마음을 적시려고 했다.

　참고로 미즈하의 성벽에 대해서는 지금 현재까진 아무에게도 들키지 않았다.

　미즈하 본인도 커밍아웃을 할 생각이 없어 보였고, 부실에 있는 동안은 아무렇지도 않게 브래지어를 살짝 보여주면서 오빠를 놀리는 정도로 기본적으로는 얌전히 지내고 있었다.

"아— 이 라이트 노벨 속 여동생, 정말 귀여워—."

"으음……오빠가 2차원의 여동생과 바람을 피우고 있어."

케이키가 변태 소녀들의 발언을 계속 무시하면서 2차원의 여동생 캐릭터로 현실도피를 하고 있는데 누군가가 부실 문을 두드렸다.

"실례합니다."

문을 열고 들어온 건 앞머리로 한쪽 눈을 가린 여학생.

교복 리본은 미즈하나 마오처럼 2학년이라는 걸 나타내는 베이지.

이 학교 학생회 부회장을 맡고 있는 후지모토 아야노였다.

"어머, 후지모토잖아. 무슨 일이야?"

학생회에서 동아리 활동 관련 일을 담당하고 있는 아야노는 때때로 부실을 방문했다.

일 때문에 온 거라면 대응하는 건 부장이겠지만 아야노가 시선을 보낸 건 사유키가 아니라 의자에 앉아 여동생물 라이트 노벨을 읽고 있는 남학생이었다.

"오늘은 키류에게 볼일이 있어서 왔어요."

"뭐? 나?"

부회장님의 지명에 부원 여자들이 소곤소곤 이야기를 시작했다.

"전부터 생각했는데 후지모토는 케이키랑 굉장히 친한 것 같아."

"나도 정원에서 딱 붙어있는 거 봤어."

"유이카는 자료실에서 끌어안고 있는 걸 봤어요."

"오빠, 대체 어떻게 된 거야?"

이 자리의 유일한 남자에게 집중되는 4명의 차가운 시선.

설마 아야노가 체취를 좋아해서 따라다니고 있다고는 말하지 못하고 케이키는 살며시 눈을 피했다. 그 반응이 여자들의 의혹과 불만을 더더욱 커지게 만들었다.

그런 긴장된 분위기 속에서 아야노는 침착한 모습으로 케이키의 옆으로 다가왔다.

"갑작스럽지만 잠시만 키류를 렌탈하고 싶어."

"렌탈?"

"거절할게. 다른 사람을 찾도록 해."

"왜 사유키 선배가 대답하는 거예요……?"

관계없는 사람이 간섭하자 아야노가 한쪽 눈으로 힐끔 사유키를 바라보았고

"저항하면 학생회 권한으로 서예부 부비를 전액 압수하겠어요."

"케이키를 마음대로 할 권리를 줄게."

"사유키 선배?!"

케이키를 둘러싼 공방은 한순간에 결판이 났다.

권력을 행사해 승리한 아야노가 케이키의 손을 꽉 잡았다.

"그러니까 키류는 아야노와 함께 가줘야겠어."

"뭐? 잠깐만? 왜 내가 팔려가는 흐름인 거야? 모두 부비를 위해 내가 팔려가도 괜찮아?"

학생회 권력에 어이없이 굴복한 부장은 그렇다 치더라도 다양한 이유로 케이키에게 집착하는 다른 부원들이 이런 횡포를 인정할 리가 없었다.

매달리 듯 모두를 바라보았지만 웬일인지 그녀들은 함께 눈을 피했다.

"부비가 없어지면 그림책 재료를 살 수 없게 돼요."

"나도 잉크나 원고용지를 살 수 없게 되는 건 곤란해."

"2차원 여동생과 바람을 피우는 오빠는 끌려가도 된다고 생각해."

"내 편은 한 명도 없는 거야?!"

그것보다 그림 재료나 원고용지처럼 서예와 관계없는 비품에 부비를 사용하는 건 괜찮은 거야?

쉽게 팔려가게 된 케이키는 아야노에게 이끌려 부실 밖으로 나왔다.

복도를 좀 걸어가다 걸음을 멈춘 그녀가 요구사항을 말했다.

"그럼 키류, 아야노에게 팬티를 베풀어 주세요."

"거절하겠습니다."

뒤로 돌아 부실로 돌아가려는데 교복 셔츠를 붙잡혔다.

"잠깐만, 잘못했어. 정말 너에게 볼일이 있어."

"……대체 뭔데?"

갑자기 팬티를 요구하다니, 그녀의 성벽도 여전한 듯했다.

학생회 부회장을 맡아 선생님으로부터 신뢰도 두터운 우등생 아야노였지만 그 본성은 남자의 땀 냄새를 사랑하는 냄새 페티시스트였다.

물론 내면은 그렇다고 해도 겉모습은 불평할 수 없는 미소녀로,

"……저기? 키류에게 부탁이 좀 있어."

"부, 부탁이라니?"

이런 식으로 귀여운 여자아이가 물기 어린 눈동자로 바라보면 여러 가지로 경험치가 부족한 케이키로서는 두근거릴 수밖에 없었다.

설령 꿍꿍이가 있다는 걸 어렴풋이 알고 있다고 해도 기대하고 만다.

그것 또한 남자로서 생을 받아들인 이상 도망갈 수 없는 숙명이겠지.

"창고로 옮기고 싶은 비품이 있는데 좀 도와주면 안 돼?"

"……응. 뭐, 어차피 그럴 거라고 생각했어."

"……안 돼?"

"알았어. 전에 수영장 우대권도 받았으니까. 기꺼이 협력할게."

"다행이다. 그럼 아야노는 창고 열쇠를 빌려올 테니까 학생회실에서 기다려."

"응."

지금 학생회 임원들은 여자들뿐이라 남자의 손이 부족하다고 들었다.

어차피 부실에 있어 봤자 여동생물 라이트 노벨만 읽고 있었을 거고 누군가의 도움이 되는 일이라면 그게 더 시간을 값어치 있게 쓰는 거겠지.

아야노와 헤어져 학생회실을 찾아간 케이키는 긴장한 채 문을 노크했다.

"—들어오세요."

"실례합니다."

안으로 들어갔을 때 마중을 나온 건 황갈색 머리를 양쪽으로 질끈 묶은 작은 체구에 여학생.

교복 리본 색은 녹색. 유이카와 같은 1학년 후배였다.

신장도 유이카와 비슷했지만 조금 더 큰 정도?

기가 세 보이는, 눈초리가 치켜 올라간 눈이 인상적인 그녀는 뭔가가 마음에 안 드는 건지 노골적으로 적대적이고 기분 나쁜 시선을 보냈다.

"학생회에 무슨 일이죠?"

"아—저기…… 후지모토가 여기서 기다리라고 했는데."

"아, 부회장님이 말했던 도우미가 당신이었나요?"

흐음, 이라고.

역시 기분 나쁘게 중얼거리며 평가하는 것처럼 케이키를 바라보았다.

"전 학생회 회계인 나가세 아이리입니다. 보는 대로 1학년이에요."

"아, 나는——."

"자기소개는 필요 없어요, 키류 선배."

"뭐야, 날 알아?"

"선배는 유명하니까요. 서예부에서 미소녀 하렘을 만들고 있다고."

"뭐야? 그냥 흘려넘길 수 없는 그 정보는?!"

"아닌가요?"

"아니야. 전혀 짚이는 데가 없는데."

"하지만 3학년 토키하라 선배나 1학년 코가에게 교내에서 끌어 안겨서 칠칠치 못한 얼굴을 하고 있었다는 목격정보를 다수 들었는데요."

"내가 그렇게까지 칠칠치 못한 얼굴을 한 거야……?"

그렇다고는 해도 교내에서 끌어안긴 건 사실이라 말대꾸할 수 없었다.

"……양다리라니, 정말 불결해요. 이러니까 남자들은."

"그런 건 아니지만…… 뭔가 미안하다……."

벌레를 보는 것 같은 후배에게 자신도 모르게 사죄하고 말았다.

확실히 미소녀 두 사람을 옆에 두고 교내를 활보하는 남자는 불결할지도 모른다.

실제로는 변태 두 명이 케이키의 소유권을 둘러싸고 싸우고 있었고 아이리가 상상한 것처럼 양다리를 걸치고 있었던 건 결코 아니었지만.

(오히려 미소녀 두 사람에게 동시에 호의를 받는 그런 꿈만 같은 상황이 벌어진다면 무슨 일이 있어도 체험해보고 싶어.)

여전히 평범함과는 동떨어진 자신의 청춘에 안타까운 기분이 들었다.

"그러고 보니 나가세와 어디서 만난 적이 있던가? 왠지 어디서 본 것 같은데."

"……뭐예요? 그렇게 나까지 꼬실 생각인가요?"

"아니야. 정말 아니니까 거리를 두려고 하지 마."

그렇게까지 노골적으로 거절당하면 역시 상처 받는다.

"……흐음. 뭐, 첫 대면이 아니라는 건 확실해요. 기억 안 나세요? 이전에 마을 쓰레기 줍는 자원봉사를 했을 때 한 번 만났잖아요."

"아, 그리고 보니 그런 것 같기도…….."

"뭐, 난 수수하고 음침하니까 인상에 남지 않는 건 어쩔

수 없는 일이죠."

"아무도 그런 말은 안 했거든……. 그것보다 나가세도 별로 수수하진 않은데? 귀엽고."

"토할 것 같으니까 그런 말은 하지 마세요. 그런 식으로 여자들을 차례차례 독니에 물리도록 하는 거죠? 이러니까 색마는 싫다니까요."

"색마라니……."

이건 대체 어떻게 된 거지?

아무래도 이 나가세 아이리라는 하급생은 자신을 좋게 생각하지 않는 것 같았다.

서예부에 하렘을 구축하고 있다고 생각하는 것 같았고 케이키를 난봉꾼이라고 착각하고 있는 구석이 있었다.

실제로는 난봉꾼은커녕 모태솔로인 연애난민이었지만.

"저기, 뭔가 오해하고 있는 것 같은데. 난 여자랑 사귄 적도 없다고."

"그건 거짓말이에요. 그렇게 귀여운 여자들과 알콩달콩 지내면서, 그럴 리가 없잖아요. 증거는 있나요?"

"그치만 난 동정인걸."

"네……?"

시간이— 멈췄다.

후배는 어색한 듯 시선을 피했고

"저기……그건 그러니까……안됐네요."

진심으로 위로하는 목소리로 그런 말을 건넸다.

뭐지? 오늘 그녀의 대사 중에서 이게 가장 마음을 찔렀다.

동정남이 마음속에 작은 트라우마를 새기고 있을 때 부실 문이 열리고 드디어 아야노가 얼굴을 내밀었다.

"키류, 오래 기다렸지— 어라? 왜 그래?"

긴장감이 감도는 학생회실 분위기에 부회장이 고개를 갸웃거렸다.

그러자 아이리는 총총거리며 아야노 뒤로 달려가 숨더니 케이키를 손가락으로 가리켰다.

"부회장님, 도와주세요! 이 남자가 나에게 추파를 던졌어요!"

"던지지 않았거든……."

아무래도 이 후배는 자의식 과잉인 것 같았다.

아이리의 차가운 시선을 받으며 비품이 들어간 상자를 끌어안은 케이키는 아야노와 함께 학생회실을 뒤로 했다.

"왠지 난 나가세에게 미움 받는 것 같아."

"신경 쓰지 마. 그 아이는 좀 까다로우니까. 남자를 많이 싫어하고."

"아, 왠지 그런 느낌이었어."

아무래도 케이키가 싫은 것보다는 '남자'라는 카테고리 자체를 싫어하는 듯했다.

"융통성도 없고 완고하지만 나쁜 아이는 아니야. 여자들에게는 평범하게 상냥하고. 키류도 친하게 지냈으면 좋겠어.”

“나도 할 수 있다면 그렇게 하고 싶지만 그건 어렵지 않을까……?”

케이키를 보는 아이리의 눈은 쓰레기를 보는 듯한 눈이었다.

첫 대면에서 호감도가 마이너스로 벗어나 있는 여자아이와 친하게 지낼 수 있을 것 같진 않았다.

부회장은 냄새 페티시스트의 변태에다 회계는 남자를 싫어한다고 했다.

학생회 멤버 중에서도 특이한 사람들이 많을지 모르겠다.

아야노와 잡담을 나누면서 학생현관으로 가 신발로 갈아신고 밖으로 나왔다.

그렇게 발을 옮긴 곳은 건물 뒤에 있는 작은 창고였다.

오래된 비품이나 평소에는 쓰지 않는 걸 정리해서 보관하고 있는 창고로 '잡동사니 창고'로 불리고 있었다.

아야노가 들고 있던 열쇠로 미닫이를 열었다.

안에는 먼지투성이에 여기저기 터진 체육용 매트가 쌓여 있었고 어디에 쓰는 건지 알 수 없는 느슨한 캐릭터 풍 인형이 자리를 잡고 있는, '잡동사니 창고'라는 이름에 부끄럽지 않은 잡다한 공간이 펼쳐졌다.

그 안쪽 비어 있는 공간에 들고 있던 상자를 내려놓았다.

“아아, 무거웠어…….”

이 더운 와중에 무거운 짐을 옮긴 탓인지 땀이 흘러내렸다.

"수고했어. 덕분에 살았어. 나중에 주스라도 살게."

"아니, 됐어, 그런 건."

"안 돼. 수분 보충은 제대로 해야 하니까. 그건 그렇고……
아아, 기분 좋게 땀을 흘린 키류의 냄새……하아 하아."

"혼잡한 틈을 타서 끌어안는 건 관두면 안 될까? 너무
더워."

발정난 고양이처럼 코끝을 들이밀고 냄새를 맡으려는 아
야노를 떼어 놓으려고 했지만 찰싹 달라붙은 봉인실처럼 좀
처럼 벗겨낼 수 없었다.

좁은 창고 안 젊은 남녀가 치고받고 하는 와중에,

"—응? 창고가 열려 있어."

창고 밖에서 어른스러운 여성의 소리가 들렸다.

"이 목소리는……오키타 선생님인가?"

교내 순찰이라도 하고 있는 건가. 들려오는 건 서예부 고
문을 맡고 있는 여교사의 목소리로 이번에는 이쪽으로 다가
오는 발소리가 귀에 전해졌다.

"이런……!!"

창고 안에서 여자에게 안겨 있는 이 상황.

이런 상태를 선생님에게 들키는 건 굉장히 곤란했다.

초조한 케이키는 순간적으로 아야노를 넘어뜨리고 겹쳐
진 매트 뒤에 몸을 숨겼다.

"뭐야, 누가 있니? ……으응? 아무도 없잖아."

입구 근처에서 창고 안을 둘러본 선생님은 사람이 없다고 판단했다.

"창고를 열어두다니, 누군지 모르지만 부주의하네. 게다가 열쇠가 꽂혀 있잖아. 정말."

철제 미닫이가 닫히고 철컥 하고 문이 잠기는 소리가 울려 퍼졌다.

그리고 오키타 선생님의 발소리가 멀어지고 완전히 들리지 않게 되었다.

"후우……어떻게든 잘 넘긴 것 같아……."

"……저기, 키류?"

"왜, 후지모토?"

"슬슬 좀, 비켜줄래……?"

"뭐……?"

그때 케이키는 겨우 자신이 터무니없는 상황 하에 있다는 걸 깨달았다.

시야에 들어온 건 남자에게 밀려 넘어져 뺨을 붉게 물들인 채 울먹이고 있는 동급생의 모습.

그녀는 입술을 꽉 다물고 부끄러운 듯 시선을 피했다.

"으아아아아아악?! 미, 미안!"

"아니, 나도 끌어안은 적이 있으니까."

서둘러 그녀 위에서 물러나자 구속이 풀린 아야노는 일어나 치마에 묻었던 먼지를 털어내고 가려지지 않은 쪽의 눈동자로 케이키를 바라보았다.

"그것보다 괜찮을까?"

"응? 뭐가?"

"아까 문이 잠기는 소리가 들린 것 같은데."

"……어라?"

그러고 보니 문이 닫힌 후 '철컥'하는 소리가 들린 듯한데…….

"잠깐, 거짓말이지?! 아직 안에 사람이 있는데?!"

서둘러 문으로 달려가 쾅쾅쾅 두드리면서 외쳤지만 밖에서의 반응은 없었다.

당연히 열쇠로 잠긴 문은 꿈쩍도 하지 않았다.

"가, 갇히고 말았어…….'"

이건 만화나 소설에서는 굉장히 평범한 전개. 여자와 함께 체육창고 등에 갇히는 이른바 '밀실 이벤트'였다.

그런 전개를 볼 때마다 '이런 일이 실제로 있을 리가 없잖아'라며 코웃음 쳤는데 설마 자신에게 일어날 줄이야…….

"키류랑 이런 곳에서 둘이…….'"

"후지모토?"

뭐지? 갑자기 아야노가 우물쭈물 거리기 시작했다.

그녀는 곤란한 듯 눈을 위로 치켜뜨고 케이키를 바라보면서,

"전에 아이리가 그랬어. 남자는 다들 늑대라고."

"아니, 뭐, 틀린 건 아니지만…….'"

"혹시 아야노가 케이키에게 잡아먹히는 거야?"

"그건 아니야. 난 변태는 노땡큐니까."

땀 냄새에 발정하는 여자를 이성으로는 볼 수 없었다.

"그러니 안심해. 난 후지모토에게 그런 욕망을 품은 적이 없으니까."

"그건 그거대로 좀 복잡한데⋯⋯."

왠지 살짝 상처 받은 듯한 표정을 보이는 아야노.

"하지만 어떻게 할래? 혹시 아무도 안 온다면 계속 이대로?"

"아니, 역시 출구가 하나뿐일 리가 없잖아. 창문이라던가⋯⋯."

그렇게 말하며 어두컴컴한 창고 안으로 시선을 돌려보았지만,

"어라? 작은 창문밖에 없어."

채광용인지, 천장 근처에 작은 창문이 몇 개 있었지만 사람이 출입할 수 있을 만한 구멍은 존재하지 않았다.

"그, 그렇지! 이럴 때야말로 스마트폰이지! 그 멋진 과학의 결정체가 있으면 도움을 부르는 것 정도는 별것도 아니야!"

"하지만 아야노의 스마트폰은 학생회실에 있는걸."

"괜찮아. 내가 갖고 있으니까."

바지 주머니에서 스마트폰을 꺼내 화면을 켰다.

"⋯⋯우와, 큰일이네. 배터리가 나갈 것 같아."

운 나쁘게도 마지막 생명선인 스마트폰 잔량이 3퍼센트로 떨어져 있었다.

아무래도 어젯밤 충전하는 걸 깜빡한 것 같았다.

"빠, 빨리 누군가에게 전화해야 해……."

배터리 잔량으로 생각해보면 연락할 수 있는 건 한 명이 한계겠지.

지금은 신중하게 결정할 필요가 있었다.

조건은 확실하게 교내에 남아 있을 것 같은 인물.

쇼마는 테니스부 활동 중일 거고 그를 스토킹하느라 코하루도 바쁠 테지.

나머지는 서예부 멤버들인데 유이카나 마오는 기분에 따라 빨리 돌아가기도 하기 때문에 위험성이 높았다.

미즈하는 저녁 준비를 해야 하기 때문에 이미 하교했을 가능성이 있다.

그렇다면—.

"좋아, 사유키 선배로 정했어."

흑발의 상급생에게 구조를 요청하려고 통화이력을 열던 그때, 손 안에 있던 스마트폰이 부르르르 하고 작게 떨렸다.

"문자? 미즈하로부터?"

평소 버릇처럼 무의식적으로 문자를 열었다.

'사랑하는 오빠를 위한 서비스, 방금 찍은 거야.'

"이, 이건—?!"

화면에 표시된 건 한 장의 사진이었다.

자신의 가슴골을 위쪽 앵글에서 찍은 멋진 사진.

자신의 매력을 숙지한 확실한 셀카 기술에 의해 탄생된 그 사진은 케이키의 시선을 고정시켰고 서비스 컷을 뇌리에 새긴 순간 어이없이 전원이 끊어졌다.

"아아아아아아악?!"

마지막 생명선이 끊어진 순간이었다.

창고에 갇히고 1시간이 경과했다.

"……아무도 안 오네."

"……뭐, 이런 곳에 볼일이 있는 사람은 없으니까."

몇 번인가 밖을 향해 구조를 요청해봤지만 반응은 없었다. 쓰지 않게 된 물건만을 모아둔 창고였기에 일반 학생들은 일단 접근하지 않았다.

두 사람은 쌓여 있는 매트에 등을 기대고 주저앉아 체력을 보존하면서 구조를 기다렸다.

"일단 학생회실에 아야노의 짐이 있으니까 누가 눈치 채고 와줄 것 같은데."

"현 상황에선 그걸 기대할 수밖에 없겠지."

갇혀있는데도 비교적 차분하게 있을 수 있는 건 희망이 남아있기 때문이다.

그렇게 기다리고 있으면 아야노가 돌아가지 않은 것을 수상하게 여긴 다른 임원이 구해주러 오겠지.

"그건 그렇고 덥네."

"이 창고는 바람이 잘 통하지 않으니까."

바람이 잘 통할 정도의 창문이 있었다면 이미 거기로 탈출했을 것이다.

여름방학이 끝났다고 해도 여름 자체는 아직 계속 진행 중.

밀폐된 공간 속에서 서서히 상승되어가는 체온에 땀이 흘렀다.

"……."

"……."

그 이후 어느 정도 시간이 흘렀을까.

오로지 구조만을 기다렸지만 좀처럼 구조의 손길은 나타나지 않았다.

그런 와중에 케이키의 셔츠를 아야노가 꽉 붙잡았다.

"후지모토?"

"아……미, 미안."

"아니. 괜찮아, 이대로 있어도."

생각해보면 이 상황에서 불안해지지 않을 리가 없었다.

남자인 케이키도 그런데 여자라면 더더욱 그렇겠지.

"괜찮아. 누군가 구해주러 올 거야."

"……응. 고마워."

"그렇지. 뭔가 이야기하자. 뭐든 좋으니까."

가만히 있으면 침울해질 것 같아서 대화가 끊기지 않도록 그런 제안을 해봤다.

그러자 그녀가 주저하며 입을 열었다.

"그럼 질문 하나 해도 돼?"

"응, 좋아."

"오늘 팬티 색깔은 무슨 색깔이야?"

"성희롱이냐?!"

"참고로, 오늘 아야노의 팬티는 검은색이야."

"의외로 섹시한 노선이네……."

설마 하던 성희롱 발언부터 시작된 대화였지만 끝없이 이야기를 나누는 도중 아야노의 표정이 밝아졌기 때문에 의미는 있었다고 생각한다.

별로 말수가 많지 않은 아야노가 케이키를 알고 싶어 했고 자신에 대해서도 가르쳐주었다.

덕분에 지금까지 몰랐던 그녀를 많이 알게 되었다.

"—그래서, 아야노는 소극적인 편이라 친구도 없었어, 계속 공부만 했고. 그런 날 바꾸고 싶어서 학생회에 들어간 거야."

"흐음."

학생회에 들어간 동기에는 좀 놀랐다.

확실히 차분한 그녀는 스스로 앞에 나서는 타입은 아닐지도 모르겠다.

"후지모토는 굉장하구나. 나였으면 거북한 일에서 도망치려고 했을 텐데."

"……그런가? 나로서는 잘 모르겠는데."

"나가세도 좋아하는 것 같고 다른 임원들과도 사이가 좋지? 그건 후지모토가 열심히 하고 있는 증거라고 생각해."

케이키는 아야노가 진지하게 학생회 일에 몰두하고 있는 걸 알고 있었다.

주변 사람들도 그걸 알고 있기 때문에 그녀를 좋아하는 거겠지.

"……."

문득 옆을 돌아보자 아야노가 빤히 케이키를 바라보고 있었다.

"후지모토?"

"……아, 아니. 아무것도 아니야."

왠지 당황한 것처럼 휙휙 손을 내젓는 동급생.

그녀의 얼굴은 작은 창문에서 들어오는 석양 속에서도 알 수 있을 만큼 빨개져 있었다.

"얼굴이 빨간데, 혹시 몸이 안 좋아?"

앞머리를 헤치고 그녀의 이마에 손을 대어보았다.

밖으로 드러난 두 개의 눈이 놀란 듯이 크게 떠졌다.

"키, 키류?! 뭐 하는 거야……?!"

"뭐냐니, 잠깐 체온을— 아, 역시 열이 있는 것 같아."

"……."

얼굴이 새빨개진 아야노가 멍한 표정으로 바라보았다.

그 눈동자가 살짝 촉촉해져 있었고 역시 어딘가 열이 있는 것 같았다.

"……그런 짓을 하면 더 이상 참을 수 없어……."

"뭐?"

"괜찮지? 왜냐하면 이건 키류 때문이니까……."

의미 불명의 말을 하면서 아야노가 케이키를 끌어안았다.

등 뒤로 손을 두르고 밀착해서는 그 코끝을 케이키의 가슴 부분에 눌러댔다.

"아아, 굉장해……굉장히 좋은 냄새. 하아, 하아."

"어라?! 왜 이렇게 된 거야?!"

"밀폐된 데다가 안 그래도 무더워서 냄새가 충만해져 있는데 키류가 몸을 만지니까. 정말 좋아하는 키류의 체취를 앞에 두고 이제 더 이상 참을 수 없어."

"나에게서 그렇게 냄새가 많이 나?!"

아무래도 얼굴이 빨개진 건 키류의 냄새에 흥분했기 때문인 것 같다.

그녀의 이마에 손이 닿은 것이 계기가 되어 억압되어 있던 욕망이 해방된 것 같았다.

"하아……하아……키류……."

"후, 후지모토……?"

"키류……좀 단단해졌어."

"잠깐만, 어딜 만지는 거야?!"

—이상, 길었던 회상 종료.

그런 이유로 키류는 현재 학교 뒤 창고 안에서 변태에게 습격당하는 중이었다.

정말 위험했는데 잠긴 창고 안에서는 정말 도망칠 곳이 없었다.

"키류, 키류."

눈앞에는 몸을 억누르고 숨을 헐떡이는 아야노.

"후지모토, 잠깐만!! 가슴이! 가슴이 닿아서……이러면 큰일 나!"

그녀가 몸을 약간 움직일 때마다 푹신푹신 닿는 가슴.

부드러운 와중에도 확실히 탄력이 있었고 그 극상의 감촉이 이성을 날려버린다.

"—아아, 안 돼, 이제 못 참겠어! 키류의 팬티 냄새를 맡게 해줘!"

"으아아아아아아악?! 바지에 손 대지 마아아아!!"

여자가 바지를 벗기려고 하자 필사적으로 저항을 시도해 보았다.

이대로는 미래의 연인에게 바치기 위해 소중히 지켜온 정조를 빼앗겨버리고 말 것이다.

밀실에서 동급생 여자아이에게 치욕을 당하기 직전—.

큰 소리를 내며 창고 미닫이가 열렸다.

거기 서 있는 인물은 내부 상황을 눈앞에서 직접 보더니 가늘게 어깨를 떨었다.

"뭐……뭐, 뭐, 뭐, 뭐 하는 거예요?!"

구세주는 학생회 회계인 나가세 아이리 그 사람이었다.

그녀가 흥분하는 것도 무리는 아니었다.

창고 안에 있던 건 트렁크 팬티를 전부 드러낸 남학생과 얼굴이 새빨개져서 남자의 다리 사이에 얼굴을 파묻고 있는 여학생.

게다가 두 사람 다 땀투성이로.

조심스럽게 말해서 어떻게 봐도 한창 '그런 행위'를 할 때였던 것이다.

"아무리 기다려도 오지 않길래 상태를 보러 왔더니, 신성한 학교에서 무슨 짓을 하는 거예요?!"

"오해야!"

"이 상황에서 잘도 그런 말을 하는군요! 후지모토 선배에게 그런 더러운 걸 물게 하다니 믿을 수 없어! 이러니까 남자들은!"

"물게 한 적 없거든?!"

오히려 습격당한 건 케이키 쪽이었다.

오해를 풀고 싶었지만 흥분한 아이리가 이야기를 들으려고 하지 않았기 때문에 아야노에게 설명을 부탁한 후에야 겨우 납득을 해주었다.

"……아아, 그러고 보니 부회장님은 그런 성벽을 갖고 있었죠."

그런 말을 하는 거 보면 아야노의 성벽은 학생회 임원들은 알고 있던 사실인 듯했다.

어쨌든 중요한 정조는 무사히 지켜냈고 창고에서도 나올 수 있었다.

"고마워. 나가세 덕분에 살았어."

"거리낌 없이 부르지 마세요. 인사도 필요 없어요. 딱히 당신을 구하러 온 게 아니니까."

"아니, 그래도 감사하게 해줘. 나가세가 오지 않았다면 나의 소중한 정조가 큰일 날 뻔했으니까."

"파렴치한 말 하지 마세요! 정말, 이러니까 남자들은!"

그녀가 하는 '이러니까 남자들은'이라는 말은 아무래도 입버릇인 것 같았다.

입으로는 공격적인 말을 해도 이러니저러니 걱정하고 상황을 보러 와준 거니까 아야노가 말한 대로 나쁜 아이는 아니겠지. 그렇게 생각하면 그녀의 독설도 츤데레 같이 생각되고 좀 귀엽게 느껴지는 게 이상했다.

"부회장님도 이쪽 일은 끝났으니까 오늘은 그만 돌아가세요!"

그런 말을 남기고 서둘러 먼저 가버린 아이리를 쫓아 케이키와 아야노도 학교 건물로 향했다.

"키류? 왜 그렇게 거리를 두는 거야?"

"자기 가슴에 손을 대고 생각해봐."

"⋯⋯미안. 살짝 이성을 잃고 말았어."

"살짝⋯⋯?"

그게 살짝이라면 전부 개방된 그녀는 어떨까?

"하지만 아야노는 좀 즐거웠던 것 같아. 키류의 냄새도 충분히 즐겼고."

"난 트라우마 리스트에 또 새로운 항목이 추가됐는데⋯⋯."

입 안을 방금 벗은 팬티로 가득 채우고, 모르는 사이에 BL 만화 모델이 되고, 여자아이가 바지를 벗기려고 하고, 신데렐라의 러브레터를 발견한 이후로 트라우마가 끊이지 않는 인생을 보내고 있는 것 같다.

"키류, 알바에 흥미 있어?"

"알바?"

"입주 알바로 아야노의 껴안는 베개가 되기만 하면 되는 간단한 일인데."

"거절할게."

"아쉽네⋯⋯ 하지만 언젠가 반드시 키류의 팬티를 손에 넣고 말 거야."

"그건 포기해줬으면 좋겠어."

"아야노는 포기하지 않아. 키류의 팬티도⋯⋯키류 본인도."

"응? 키류가 뭐라고?"

"아무것도 아니야. ……후후."

왠지 기분이 좋아 보이는 부회장님.

일단 후지모토는 키류의 팬티를 포기할 생각이 없는 것 같습니다.

다음 날 방과 후, 케이키가 부실 건물로 향하고 있는데 부실 앞에 양 갈래로 머리를 질끈 묶은 익숙한 여자아이의 모습이 보였다.

"어라, 나가세 아닌가?"

풀 네임은 나가세 아이리.

어제 학생회실에서 잠깐 이야기를 나누었던 1학년 후배.

그런 그녀는 부실 앞에서 우왕좌왕하면서 부끄러운 듯 꼼지락거리며 수상한 거동을 보여주고 있었다.

"나가세?"

"꺄악?!"

갑자기 말을 걸어 깜짝 놀란 듯 어깨를 움찔거리는 아이리.

"오오, 그렇게 놀랄 줄은 몰랐어."

"아, 키류 선배……."

"왜 그래? 서예부에 무슨 볼일이라도?"

"아, 아뇨. 서예부에는 없어요. 저기…… 선배한테 볼일이 있어서 온 거예요."

"나한테?"

"네, 키류 선배한테."

그렇게 말하며 아이리는 침착하지 못한 모습으로 위로 눈을 치켜뜨고 케이키를 바라보았다.

공격적이었던 어제와는 전혀 다른 분위기.

어딘가 달콤새콤한 분위기가 왠지 고백 장면 같아서 긴장하게 된다.

"아, 저기, 어제는 죄송했습니다!"

"……뭐?"

아이리는 갑자기 고개를 숙이고 말았다.

너무 뜻밖의 전개에 케이키가 따라갈 수가 없었다.

"저기……잘 모르겠는데, 무슨 말이야?"

"키류 선배는 학생회 일을 도와주셨는데 실례되는 태도를 취하고 말았다고 집에 돌아가서 맹렬히 반성했어요. 오늘은 그 태도에 대한 사과와 도와주신 데에 대한 감사인사를 하러 왔어요."

"아, 그렇구나."

"네, 어제는 정말 감사했습니다."

살며시 부드러운 미소를 짓는 후배.

(뭐야, 역시 근본은 착한 아이였구나.)

좀 진지하다고나 할까 완고한 부분이 있는 것 같지만 제대로 자신의 잘못을 인정하고 사과할 수 있는 성실한 인품이라는 건 확실했다.

어쩌면 어제는 우연히 기분이 언짢았던 것뿐일지도 모른다.

"별말씀을. 그런 식으로 솔직하게 사과할 수 있는 건 대단하다고 생각해."

이 후배가 귀엽게 느껴져서 자신도 모르게 여동생에게 하는 것처럼 아이리의 머리를 쓰다듬고 말았다.

유이카보다 약간 큰 정도인 작은 신장 때문에 딱 쓰다듬기 쉬운 위치에 머리가 있었던 것도 원인일지 모른다.

"……하윽."

"하윽?"

"꺄아아아아아아아아아아아아아아악?!"

머리를 쓰다듬은 직후, 비명을 지른 아이리가 고양이 같은 순발력으로 거리를 두었다.

얼굴이 새빨개진 그녀는 부모의 원수를 보는 듯한 눈으로 괘씸한 놈을 노려보았다.

"갑자기 뭐 하는 거예요?!"

"뭐냐니, 머리를 쓰다듬은 것뿐인데."

"의미를 모르겠군요! 살짝 사과하고 감사인사를 한 것뿐인데 우쭐해하지 마세요! 여자를 거리낌 없이 만지다니 믿을 수 없어! 이러니까 남자들은!"

"어, 어라ㅡ?"

뭐지? 이 전개는? 격렬한 기시감이 들었다.

구체적으로는 어제 방과 후 학생회실에서 체험한 상황과

정말 똑같은…….

"역시 서예부에 하렘을 만든 난봉꾼이라는 소문은 사실인 것 같네요! 이렇게 되면 일을 도와준 은인이라거나 부회장님과 친한 사람이라는 건 관계없을 것 같네요! 키류 선배! 당신은 나의 적! 나아가서는 모든 여자의 적이에요!"

"뭐어어……?"

따끔하게 손가락질당하고 예상 밖의 전개에 당황하는 여자의 적.

"아니, 그러니까 난 하렘 같은 건 만든 적도 없고, 난봉꾼도 색마도 아니라니까."

"이제 일의 진위는 아무래도 상관없어요. 다만 당신이 내 머리를 쓰다듬은 건 사실. 이 분노, 이 굴욕은 당신을 응징하지 않으면 만족하지 못할 것 같아요!"

"응징하다니, 어떻게?"

"그, 그건……지금부터 검토할 거예요!"

"뭐……?"

아무래도 아무 생각도 하지 않은 것 같다.

"어쨌든! 뭔가 좋은 안을 생각해올 테니까 목을 씻고 기다리세요! ……일단 오늘은 이만 돌아가도록 하겠습니다. 그럼 이만."

그렇게 양쪽으로 질끈 묶은 황갈색 머리를 흩날리면서 그녀는 멀어져갔다.

"······대체 뭐 하러 온 거야?"

잘 모르겠지만 또 귀찮은 여자아이에게 찍히고 만 것 같다.

아야노도 그렇고 아이리도 그렇고 이 학교 학생회에는 제대로 된 인간이 없는 걸까?

또 오겠다는 불길한 말을 남기기도 했고, 앞날이 걱정되는데.

서예부 변태 소녀들만으로도 다루기 힘든데 더 이상의 귀찮은 일은 사양하고 싶었다.

절실하게 '아무 일도 일어나지 않기를'이라고 빌며 케이키는 부실 문을 열었다.

◇

그건 9월로 들어선 지 얼마 되지 않은 어느 평일의 점심 시간.

도서위원 당번에 걸려 도서실로 향하고 있던 케이키는 중정 벤치에서 알콩달콩 시간을 보내고 있는 쇼마와 코하루의 모습을 발견했다.

코하루가 쇼마에게 닭튀김을 '아—앙' 하고 있는 굉장히 거북한 현장이었다.

못 본 걸로 하려고 했는데 얼굴을 돌리기 전에 코하루와 눈이 마주치고 말았다.

"……아, 코하루 선배가 빨개졌어."

빨개진 작은 선배가 어쨌든 귀여웠다.

코하루는 쑥스러운 듯 케이키를 향해 손을 흔들더니 또다시 '아─앙'을 재개했다.

"아, 재개했어."

쇼마는 아직 친구 이상 연인 미만의 관계라고 우겨댔지만 제삼자가 봤을 땐 완벽한 커플이었다.

실제로 반에서도 쇼마가 어린 소녀와 사귀고 있다는 소문이 돌기 시작했다.

들은 바에 의하면 두 사람의 교제는 순조로운 것 같았다.

휴일에 데이트를 하고, 학교에서 도시락을 서로 먹여주고─.

그건 케이키가 동경하는 평범한 연애 그 자체였다.

"……왠지 역시 부러워."

신데렐라의 정체가 노출광 변태 소녀였다는 게 애석했다.

그것만 없었다면 이상적인 여주인공이었을지도 모르는데.

"난 그저 평범한 사랑이 가능하다면 그걸로 괜찮은데……."

주위에 친한 이성들은 일제히 변태였고 케이키를 노예나 주인님으로 만들고 싶다는 미치광이 같은 여자아이들뿐.

키류 케이키의 러브 코미디가 시작되는 건 아직 먼 미래의 일일지도 모르겠다.

그날 방과 후. 서예부 부실에서.

의자에 앉아 테이블에 푹 엎드린 케이키는 깊은 한숨을
내쉬었다.

"……하아."

"왜 그래, 오빠? 한숨을 쉬다니."

어쩐지 패기가 없어 보이는 오빠에게 옆에 앉은 미즈하가
질문을 던졌다.

"그냥 좀. 점심시간에 중정에서 알콩달콩 시간을 보내
고 있는 커플을 봤거든. 나도 연애하고 싶다고 생각한 것
뿐이야."

"그런 건 나를 오빠의 여자친구로 삼아주면 금방 이루어
질 거야."

"난 평범한 여자아이와 평범한 사랑을 하고 싶어."

"평범한 사랑이라니, 예를 들면?"

"그거야 그런 거 말이야. 예를 들면 여자친구가 무릎베개
를 해준다거나."

"무릎베개라면 해준 적 있잖아?"

"직접 요리를 만들어 준다거나."

"매일 만들어주고 있거든?"

"그리고 좋은 분위기가 됐을 때 키스한다거나."

"그것도 끝냈잖아?"

"어라?"

다시 생각해보면 케이키와 미즈하 사이에는 다수의 러브

코미디 이벤트가 발생하고 있었다.

(난 왜 여동생과 연인 플레이를 거의 다해본 거지……?)

실제로 키류 미즈하는 케이키의 이상에 한없이 가까운 여자아이였다.

불평할 여지없는 미소녀에 집안일도 만능.

상냥하고 포용력도 있고 은근히 가슴이 큰 부분도 포인트가 높았다.

여동생이지만 피가 섞이지 않았고 무엇보다 케이키에 대해 연심을 품고 있었다.

여기에 노출 취미만 없었다면 완벽한 여자아이였을 텐데…….

"참고로 말하는 건데. 만약 나와 연인 사이가 된다면 미즈하는 어떤 걸 하고 싶어?"

"개인적으로는 오빠 방에서 스트립쇼를 하고 싶어. 오빠에게 보여주면서 조금씩 옷을 벗는 날 상상하면……꺄아♪"

"그런 모습! 그런 모습이 평범하지 않다는 거야!"

팬티를 떨어뜨린 신데렐라로서 3개월 동안 그 정체를 숨기고 시원찮은 왕자님을 계속 농락한 여자아이는 노출광 변태 소녀였다.

심야에 오빠가 잠든 방에 침입해서 전라가 된 적도 있다고 한다.

귀여운 얼굴을 하고 이 아이도 꽤 심한 변태였다.

"정말, 어째서 내 주변에는 평범한 여자아이가 없는 걸까……?"

참고로 평범하지 않은 여자의 대표 격인 다른 부원들은 아직 오지 않았다.

지금은 케이키와 미즈하 둘밖에 없었다.

"그러고 보니 미즈하는 왜 갑자기 서예부에 입부한 거야?"

"음……비밀이야."

"뭐? 어째서?"

"어쨌든. ……뭐, 좋아하는 사람과 좀 더 함께 있고 싶다는 이유가 포함됐을지도?"

"윽……그런 기습 공격은 치사하다고 생각해."

안 그래도 의붓여동생이라는 게 발각된 이후 거리감을 파악하기 힘들어졌기 때문에 이 이상 이쪽의 마음을 흔드는 건 사양해줬으면 좋겠다.

변태라고는 해도 호의를 보여주는 여자아이를 의식하지 말라는 게 더 무리겠지.

이런저런 이야기를 나누고 있는 동안 부장인 사유키를 시작해서 유이카와 마오가 속속 부실로 들어왔다.

현재 서예부 부원수는 5명.

처음에는 둘뿐이었던 서예부도 멋지게 성장한 것이다.

"──전부 모였네."

부원이 각자의 자리에 앉은 타이밍에 모두의 앞에 선 사유키가 그렇게 말을 꺼냈다.

아무래도 오늘은 중요한 미팅이 있는 것 같았지만 내용을 알 수 없는 부원들은 한결같이 곤혹스러워 했다.

"전날, 미즈하가 입부하면서 서예부 부원은 5명이 됐습니다. 모처럼 부원이 늘었고 멤버의 단결력을 높이기 위해 이벤트를 거행하고 싶어요."

"이벤트?"

부원들이 고개를 갸우뚱거리는 와중에 흑발의 상급생이 소리 높이 선언했다.

"우리 서예부는 이번 주말에 합숙을 하겠습니다!"

"여름이다! 바다다! 합숙이다아아아아아아!!"

"키류, 시끄러워."

"오빠는 다시 모두의 수영복을 볼 수 있다고 기대하고 있으니까."

아침 일찍 마을을 출발해 지하철을 타고 가다 흔들리는 버스로 갈아타며 이동한 지 3시간. 서예부 멤버 5명은 코하루의 본가인 오오토리 가가 보유한 프라이빗 비치를 방문했다.

이미 9월에 들어섰다고는 해도 늦더위의 영향으로 기온은 한여름과 비슷했다.

여자들의 사복도 아직 여름용이었다.

사유키는 블라우스에 얇은 롱스커트 차림이었고 유이카는 흰색 원피스.

마오는 반소매 셔츠에 반바지라는 보이시한 차림을 하고 있었고

미즈하는 움직이기 쉬울 것 같은 카고팬츠를 입고 있었다.

케이키는 무난하게 청바지를 착용했고 유일한 남자라는 이유로 자신의 짐과는 별개로 식재료가 담긴 아이스박스를 들고 있었다.

"케이키 선배, 별장이에요! 정말 별장이 있군요!"

"오오, 정말이네! 부르주아 같아!"

유이카가 가리킨 방향에는 확실히 멋진 건물이 듬직하게 자리하고 있었다.

오늘은 이 별장에서 숙박하고 내일 일요일에 돌아갈 예정이었다.

"으—음……아슬아슬한 수영복을 입은 남자들은 없는 건가……."

"프라이빗 비치니까."

"아무도 없어서 좋지 않아요?! 전세 낸 거예요!"

마오가 타락한 말을 내뱉자 미즈하가 냉정하게 태클을 걸었고 유이카가 큰 소리를 질러댔다.

바다를 앞에 두고 그녀들의 텐션도 올라간 거겠지.

그런 와중에 케이키는 합숙 주최자인 사유키에게 말을 걸었다.

"그건 그렇고 용케 공짜로 별장을 빌렸네요."

"오오토리 덕분이야. 수영장에서 이벤트에 참가해준 보답이래."

"아아, 그때 코하루 선배, 정말 곤란해 했으니까요."

사유키가 서예부에서 합숙을 하고 싶다는 이야기를 코하루에게 했더니 수영장에서 신세를 진 보답으로 공짜로 빌려주게 된 것이었다.

"오오토리와는 문자 친구가 됐거든."

"어느새 그렇게 친해진 거예요?"

"하지만 오오토리는 기본적으로 아키야마 이야기밖에 안 해서 솔직히 좀 지긋지긋해. 난 전혀 흥미가 없는데 그 꽃미남에 대해 자세히 알게 됐다니까."

"우연이네요, 나도 그런데."

코하루가 정기적으로 사랑의 경과보고를 해주기 때문에 쇼마에 대한 알고 싶지도 않은 지식이 축적되어 갔다.

"자, 일단 짐을 내려놓을까?"

"네에―."

부장의 지시에 이동을 개시.

해변 근처에 지어진 별장은 일반적인 주택과 다르지 않은 크기를 갖고 있었다.

정원은 물론 바다로 향해 있는 발코니까지 완비되어 있었다.

코하루에게 빌린 열쇠로 사유키가 문을 열고 안으로 들어갔다.

나무 향기가 마음을 편안하게 만드는 실내.

널찍한 거실은 휜히 트여 있었고 개방적인 공간이 펼쳐져 있었다.

"오오, 안쪽도 꽤 넓은데."

"깔끔해. 먼지도 떨어지지 않았고."

미즈하의 말대로 실내는 청소가 빈틈없이 되어 있어 반짝반짝 거렸다.

"관리인이 정기적으로 관리해주고 있는 것 같은데."

"관리인이라니……오오토리 가의 재력은 무시무시하구나."

코하루의 집안이 부자라는 건 알고 있었지만 별장과 프라이빗 비치라니. 서민인 케이키로서는 도저히 미칠 수 없는 세계였다.

"우선 방 배정을 해야지."

이 건물 침실은 3개. 전부 2층에 있는 것 같았다.

그리고 각자 방에 침대가 2개씩 있었다.

"난 물론 케이키와 같은 방이지?"

"그건 말도 안 돼요. 뭐가 물론이라는 거예요?"

사유키가 이상한 제안을 했지만 물론 각하.

이야기를 나눈 끝에 유일한 남자인 케이키가 혼자 방을 쓰고.

마오와 미즈하, 사유키와 유이카가 같은 방을 쓰게 되었다.

"미즈하와 난죠가 같은 방이라……저기, 난죠, 같은 방이라고 해서 미즈하에게 BL 책을 주면 안 돼. 미즈하의 성장에 악영향을 미칠 테니까."

"키류는 뭐야? 미즈하의 엄마야?"

"난죠의 취미가 귀여운 여동생에게 전염되진 않을지 걱정되는 것뿐이야."

노출 취미에 부녀자 속성까지 더해진다면 큰일이었다.

여동생의 장래를 걱정하는 오빠 옆에서 이쪽도 방 배정에 불만이 있는 건지 유이카가 경멸하는 눈으로 사유키를 바라보고 있었다.

"마녀 선배랑 같은 방이라니, 정조의 위기를 느끼게 되는데요……."

"어머, 난 케이키에게 일편단심이니까 안심해."

"유이카에게 바니 의상이나 메이드복을 입힌 사람이 그 입으로 그런 말을 하는 거예요?"

"바니 의상?"

일상대화에서는 좀처럼 들을 수 없는 단어에 미즈하가 고개를 갸웃거렸다.

"어머, 미즈하 흥미 있어? 전에 코가에게 입힌 적이 있는데. 나중에 사진을 보여줄게."

"그거 흥미진진하네요."

"그건 안 돼요!!"

그런 식으로 방이 결정되고 각자의 방으로 짐을 옮겼다.

아이스박스는 부엌으로 옮기고 식재료를 냉장고 안에 보관했다.

숙박 준비를 끝낸 5명이 다시 거실로 돌아왔을 때 시각은 10시를 지나고 있었다.

"그럼 바로 합숙을 시작할까요?"

"우선 뭘 할 건데요?"

"흐응, 어리석은 질문이네. 눈앞에 바다가 있으니까 당연히 놀아야지!"

도착하자마자 바다를 만끽할 마음이 가득했던 사유키였다.

"그러니까 각자 수영복으로 갈아입고 해변에서 집합하는 거야!"

"네—에."

반대하는 부원은 물론 없었다.

여자와는 달리 남자가 옷을 갈아입는 건 일순간에 끝났다.

배정받은 방에서 전라가 되어 수영 팬츠를 장착하고 준비를 끝낸 케이키는 짐 속에 수건이 없다는 걸 알아차렸다.

"아, 수건 갖고 오는 걸 깜빡했네…… 탈의실에서 한 장 빌릴까?"

수영 팬츠 차림으로 방을 나선 후 계단을 내려가서 1층으로.

다른 모두는 아직 옷을 다 갈아입지 못한 듯 거실에선 인기척이 느껴지지 않았다.

복도를 걸어간 케이키는 가장 안쪽에 있는 탈의실 문을 활짝 열었다.

"……허억?"

그건 과연 누구의 목소리였을까?

널찍한 탈의실에는 옷을 벗고 속옷 차림이 된 4명의 여자 부원들이 있었고.

남자의 난입에 그녀들은 일제히 굳어졌다.

그건 굉장히 멋진 광경이었다.

사유키의 풍만한 가슴.

유이카의 자그마한 엉덩이.

마오의 단단한 허벅지.

미즈하의 잘록한 허리 라인.

정말 멋진 광경이었지만 이대로 차분히 즐길 수 없었다.

"아, 아니……여자들도 방에서 옷을 갈아입고 있는 줄 알고……."

엿보기범이 그런 변명을 내뱉은 순간,

"꺄아아아아아아아아아아아아아아!!"

해변 근처 별장에 여자 4명의 비명이 울려 퍼졌다.

동서고금, 훔쳐보는 자에 대한 세간의 눈은 차가웠다.

그건 이 서예부 내에서도 예외는 아니었고 여자들이 옷 갈아입는 데에 난입한 죄인에게는 그 나름대로의 벌이 부여되었다.

"……좋겠다—. 다들 즐거워 보여—."

목에 '난 여자들이 옷 갈아입는 걸 훔쳐봤습니다'라고 쓰인 간판을 매달고 뜨거운 모래사장에 정좌한 채 여자 멤버들이 즐겁게 비치발리볼을 하고 있는 모습을 끝없이 바라본다는 벌칙 게임이었다.

"서예부 멤버는 발육이 좋으니까—. 가슴이 흔들리는 모습, 흔들리는 모습…….”

글래머인 사유키에 옷을 입으면 말라 보이는 타입의 미즈하, 건강한 스타일인 마오.

유이카만 여러 가지로 작지만 그게 오히려 배덕적인 매력을 불러일으키고 있었다.

귀여운 여자아이들의 수영복 차림을 독점할 수 있는 건 기쁜 일이지만 모처럼 바다에 왔는데 이대로 계속 기다려야 하는 건 역시 괴로웠다.

“저기……슬슬 용서해주지 않을래요?”

즐겁게 노는 멤버들을 향해 조심스럽게 주장해본다.

그러자 게임을 중단한 그녀들이 잇달아 모여들었다.

“케이키 선배, 반성 좀 했어요?”

“네, 많이 반성했습니다.”

“그런 것치곤 시선이 마녀 선배의 앞가슴에 집중되어 있는데요?”

“…….”

유이카에게 아픈 곳을 찔려 살며시 시선을 돌렸다.

“키류는 정말 에로 마왕이야.”

“오빠는 가슴 소믈리에니까.”

“케이키가 음란한 시선으로 핥다니, 개인적으로는 상이라고 생각해.”

“마녀 선배, 이런 곳에서 발정하지 마세요.”

뺨을 붉게 물들이고 우물쭈물하기 시작한 상급생에게 유이카가 차가운 시선을 보냈다.

쿨럭 쿨럭 헛기침을 한 사유키가 기분을 새로이 하며 입을 열었다.

"우리 4명이 서로 이야기를 해봤는데 옷 갈아입는 걸 훔쳐본 케이키에 대한 벌이 결정됐어."

"어라? 이 정좌는 벌이 아니었나요?"

"정좌 정도로 용서할 리가 없잖아."

그렇게 말하며 흑발의 상급생이 빙그레 웃었다.

"용서해주길 바란다면 우리 모두의 요구를 들어주겠어?"

"……일단 확인하겠는데 거부권 같은 건?"

"없어."

"그렇겠죠—."

안 좋은 예감밖에 들지 않았지만 탈의실을 훔쳐본 남자에게 거부권은 없었다.

이렇게 케이키는 그녀들의 위험한 요구를 들어주게 되었다.

[벌칙 게임 1 토키하라 사유키의 경우]

"그럼 내 등에 선크림을 발라주겠어?"

"네……?"

큰 파라솔 아래, 돗자리 위에 엎드린 사유키는 기대를 품

은 시선을 보냈다.

"자, 빨리 해줘."

"아니, 하지만……."

비키니의 끈이 풀리고 드러난 등.

너무 커서 존재감이 장난 아닌 옆 가슴.

그녀의 도저히 고등학생이라고는 생각할 수 없는 몸은 모태솔로인 케이키에겐 자극이 너무 강했다.

"어머, 왜 그래? 수영장에서는 비키니를 잃어버린 날 끌어안아줬으면서."

"그건 필사적이었기 때문에 가능했던 거예요!"

"이런 일로 부끄러워하면 못 버텨. 케이키가 나의 주인님이 되면 매일 몸을 씻겨줘야 하니까."

"씻기지도 않을 거고 주인님도 되지 않을 거거든요!"

"못 하겠다면 어쩔 수 없지. 그 대신 내일은 이마에 '엿보기범'이라고 쓴 채로 돌아가게 될 거야."

"알았어요! 할게요! 하면 되잖아요!"

건네받은 용기에서 로션 타입의 선크림을 손에 덜어 사유키의 옆에 무릎을 꿇고 주뼛거리며 등에 문질렀다.

"꺄아악?!"

"잠깐, 이상한 소리 내지 마세요!!"

"미안. 상상 이상으로 차가워서 나도 모르게."

"정말……."

그렇게 작업을 재개했지만 사유키의 숨결이 굉장히 요염
했다.

"……웃, 하앗……으응……! 하아, 하아……좋아, 케이
키. 굉장히 능숙해."

"그, 그건 고맙네요……."

"아앗, 좀 더! 좀 더 발라줘! 케이키의 끈적끈적하고 하얀
액체를 좀 더 나에게 뿌려줘……!"

"이건 그냥 선크림이거든요?!"

그 이후에도 다양한 갈등과 싸워가면서 케이키는 선크림
을 발랐지만 로션을 바를 때마다 사유키가 음란하게 헐떡거
리면서 작업을 방해했다.

그런 두 사람의 모습을 다른 여자 3명이 차가운 눈으로 바
라보았다.

"……저기, 이건 여러 가지로 아웃 아니야?"

"음성만 골라내면 완전히 음란한 비디오 촬영회라고요."

"오빠, 최악이야……."

마오와 유이카와 미즈하가 각자 솔직한 의견을 피력했다.

사유키의 요구에 따르고 있는 것뿐인데 왠지 케이키의 호
감도가 단숨에 하락했다.

[벌칙 게임 2 코가 유이카의 경우]

"자, 자, 뭐 하는 거예요, 케이키 선배? 얼른 유이카를 붙잡아보세요!"

"……헉— 헉…… 헉— 헉……크윽, 역시 이건 무리한 게임이잖아……."

유이카의 요구는 둘이서 술래잡기를 하는 것이었다.

다만 평범하게 하면 남자가 압승하기 때문에 쫓아가는 쪽인 케이키는 핸디캡으로 양손을 뒤로 결박당한 상태였다.

"바다에서는 이거죠! 호호호, 나 잡아봐라~!"

"하하하, 이 녀석~! ……헉—헉……헉—헉……."

당연히 양손을 결박당한 상태에선 제대로 뛸 수 있을 리가 없었고, 유이카는 여유로운 미소로 모래사장을 달아나고 있었다.

"하하. 케이키 선배, 너무 늦어요."

게다가 그녀는 일부러 멈춰 서서 도발하고 있었다.

닿을 것처럼 기대하게 만들면서 조금만 더 다가가면 잡힐 것 같을 때 날쌔게 몸을 비켰다.

약자를 가지고 노는 짓궂은 수법. 정말 도S의 진가를 발휘하고 있었다.

불리한 상태에서 결사적으로 후배를 뒤쫓아 갔지만 마침내 다리가 멈췄다.

"……하아……하아……."

"어머, 왜 그래요? 벌써 항복하는 거예요?"

한여름 수준의 태양 아래에서 자유롭지 않은 자세로 달리면 체력도 바닥이 난다.

충분히 괴롭힘을 당한 케이키는 이미 다 죽어가고 있었다.

(……하지만 여자 후배에게 바보 취급당한 채로는 남자로서 면목이 없지!)

남자에게는 질 수 없는 싸움이라는 게 있다.

단순한 고집이라고 해도, 다른 사람에게는 하찮은 일이라고 해도 결코 물러날 수 없는 물러나서는 안 되는 일선이 있는 법.

"……."

한 번 더 심호흡을 하고 눈앞에 서 있는 금발 소녀를 바라보았다.

"케이키 선배?"

"유이카는 정말 귀여워."

"네에?!"

맥락도 없이 갑자기 '귀엽다'는 말을 들은 유이카가 동요했다.

아주 잠깐이었지만 그 시간차는 그녀에게 틈이 생겼다.

"드디어 빈틈 발견!!"

"앗?! 이런!!"

손을 결박당한 상태에서 필사적으로 다리에 힘을 모아 단숨에 거리를 좁혔다.

손을 뻗기만 하면 닿을 수 있는 거리까지 와서—

(……어라? 이 상태로 어떻게 붙잡아야 하는 거지?)

애초에 묶인 상태에서는 손을 뻗을 수 없다는 걸 깨달았다.

중요한 국면에서 부각된 기본적인 문제.

하지만 이제 와서 되돌아갈 순 없었다.

(──에잇, 그렇다면 이대로 돌격하는 거야!)

어차피 이 상태에서는 따로 취할 방법이 없었다.

양손을 묶인 술래는 아무런 생각도 하지 않고 기세만으로 돌격하기로 했다.

"우오오오오오오오오오!!"

"꺄아악!!"

목숨을 걸고 기를 쓰고 덤빈 게 적중해 케이키와 유이카 두 사람은 사이좋게 모래사장에 쓰러졌다.

"아야야……응? 뭐지? 이 얼굴을 뒤덮은 부드러운 감촉은……."

쓰러진 케이키의 얼굴에 닿은 건 바스락거리는 모래가 아니라 탱글탱글하고 부드러운 감촉이었다.

그러니까 유이카의 수줍은 가슴에 얼굴을 잔뜩 묻고 있었다.

"아……아…… ."

예상 밖의 해프닝에 금발 후배가 말이 안 되는 소리를 높였고,

"케이키 선배는 바보야아아아아아아아아아!!"

혼신을 다한 따귀가 작렬하고 둘만의 술래잡기는 케이키

의 승리로 막을 내렸다.

한편, 돗자리에 앉아 그 모습을 바라보고 있던 나머지 부원들은,

"케이키는 일일이 행운의 변태적인 이벤트를 일으키지 않으면 속이 풀리지 않는 그런 스타일인 걸까?"

"탈의실을 훔쳐본 뒤에 이런 짓을 하다니, 정말 병이네요."

"오빠, 최악이야……."

숨 쉬듯 성희롱을 하는 남자부원에게 각자 신랄한 말을 선사했다.

[벌칙 게임 3 난죠 마오의 경우]

"……저기, 난죠?"

"왜? 불만이 있어도 받아들이지 않을 거야."

"옷 갈아입는 걸 훔쳐본 건 사과했고 잘못했다고 생각해. 이게 벌이라면 달게 받아야 한다고도 생각하고. 생각은 하지만……너의 요구는 아무리 그래도 너무한 거 아니야?"

케이키는 현재, 모래사장에 넙죽 엎드린 상태로 엉덩이를 내민 이른바 '수'의 자세를 강요받고 있었다.

"수영팬츠를 벗으라는 말을 하지 않은 것만으로도 상냥한 편이라고 생각하는데?"

"그건 인간으로서의 당연한 배려잖아!"

"아, 그 분한 표정 괜찮은데~ 이거 그림이 계속 그려져~."

나무 그늘 밑에 앉은 마오의 손에는 스케치북.

수영복 차림의 부녀자가 기분 좋게 연필을 움직이고 있었다.

"큭큭큭. 떠오른다, 떠올라! 둘이서 바다에 놀러온 케이크와 쇼우토……처음에는 평범하게 바다를 만끽하던 두 사람이지만 얇은 옷차림의 케이크를 보고 욕망을 억누를 수 없게 된 쇼우토가 서서히 수영복을 벗어 던지고 모래사장에 깔려 있는 케이키의 구멍에 자신의 육봉을 억지로 밀어 넣는 모습이 눈에 떠오르고 있어!"

"미안, 그런 건 머릿속에서만 해주지 않을래?"

구체적인 정보가 들어오면 싫어도 상상하게 되는 게 인간이었다.

뭐가 슬퍼서 꽃미남에게 엉덩이를 뚫리는 장면을 머릿속으로 재생하지 않으면 안 되는 것인가.

"자, 이번에는 드디어 바다 속에서의 장면이니까!"

"계속 할 거야?!"

그런 느낌으로 BL 만화의 모델을 맡은 지 약 1시간.

"……흐윽……윽……더럽혀졌어……난 이제 장가도 못 갈 거야……."

모든 것이 끝난 후 케이키는 모래사장에서 무릎을 끌어안고 울었다.

"바다 속 플레이에 주목하다니, 역시 난죠야. 이거, 신간이 기대되는데."

"마오 선배의 신작, 지금부터 기대가 되네요!"

"오빠, 미안. 나도 좀 기대돼……."

마지막 여동생의 발언이 굉장히 신경 쓰였지만 부녀자에게 마음이 꺾인 오빠는 더 이상 아무 말도 할 수 없었다.

[벌칙 게임 4 키류 미즈하의 경우]

"그래서 저기……미즈하의 요구는 뭐야?"

"그렇게 덜덜 떨지 않아도 돼. 오빠에게 지독한 짓은 하지 않을 거니까."

"그, 그래?"

"애초에 난 별로 화가 나지도 않았고. 오빠에게 보여주는 건 싫지 않거든. 오히려 좀 더 봐줬으면 좋겠고."

"그 발언에 대해 난 뭐라고 대답하면 되는 걸까……?"

여동생에게 자신의 속옷 차림을 봐줬으면 좋겠다는 말을 들었을 때의 대처법을 가르쳐줘.

"하지만 다른 아이의 알몸을 본 건 좀 화가 나는데. 오빠가 나 이외의 다른 여자를 안 봤으면 좋겠어."

"으, 응……?"

뭐지? 왠지 날씨가 좀 이상한데…….

"그러니까 조금은 짓궂게 굴어도 되지?"

"짓궂게?"

"칭찬해줘. 날 많이 칭찬해줘. 생각나는 만큼 오빠가 날 어떻게 생각하는지 들려줘."

자신의 요구를 건네고 기대를 품은 눈동자로 바라보는 미즈하.

예상 밖의 부끄러운 벌칙 게임이었지만 어차피 케이키에게 도망칠 곳은 없었다.

"그러니까…… 미즈하는 굉장히 귀여워."

"응."

"그 수영복도 두근거릴 정도로 잘 어울려."

"응."

"가정적인 모습이 멋지다고 생각해."

"응."

"그리고—."

미즈하의 요구대로 케이키는 그녀를 닥치는 대로 칭찬했다.

(뭐야, 이거, 엄청 부끄러운데……?!)

다른 멤버의 요구와는 다른 방향으로 부끄러웠다.

"……전부터 생각했는데 미즈하는 혹시 엄청 중증 브라더 콤플렉스 아닐까?"

"아니, 지금의 미즈하 선배는 살짝 얀데레 같지 않아요?"

"듣고 있는 내가 더 부끄러워……."

미묘한 표정을 짓는 나머지 멤버들이 지켜보는 가운데 30 분 정도 칭찬하고, 칭찬하고, 칭찬하자 미즈하는 만족스러운 미소로 '용서해줄게'라고 말했다.

이렇게 4명 전원의 요구를 소화하고 케이키는 겨우 옷 갈아입는 모습을 훔쳐본 걸 용서받을 수 있었다.

◇

그 이후에는 함께 바다를 만끽하고 별장으로 돌아와 가볍게 점심을 먹고 각자 작품 제작에 임하며 제각각 합숙을 즐겼다.

저녁은 발코니에서 바비큐를 하며 다함께 시끌벅적하게 먹었다.

평소와는 다른 환경에서의 교류를 통해 부원들의 결속도 강화된 것처럼 보였다.

그날 밤. 거실 소파에서 함께 담소를 나누고 있는데 일단 침실로 돌아갔던 사유키가 예쁜 상자를 들고 다가왔다.

"오늘은 이런 걸 갖고 와봤어."

그렇게 말하며 테이블 위에 올려둔 종이상자를 열었다.

안에는 정말 고급스러워 보이는 초콜릿이 들어 있었다.

"굉장히 비싼 초콜릿 같은데……어떻게 된 거예요? 이거?"

"아버지의 오랜 고객이 가지고 온 건데. 아버지는 단 걸 싫어하셔서 받아왔어. 다 같이 먹자."

사유키의 말에 배려심이 깊은 미즈하가 자리에서 일어났다.

"내가 마실 차를 갖고 올게요."

"아, 미즈하 선배. 유이카도 도와줄게요."

"고마워. 그럼 부탁 좀 할까?"

두 사람이 사이좋게 부엌으로 향했고, 얼마 지나지 않아 인원수만큼의 홍차가 준비되었다.

미즈하가 다시 오빠 옆에 앉고 유이카도 마오 옆에 앉았다.

"그럼 먹어볼까?"

한 입 사이즈의 고급 초콜릿을 모두 동시에 입에 넣었다.

"……아, 이거 맛있어. 너무 달지도 않고 딱 좋은 느낌."

우선 미즈하가 그렇게 말했고,

"정말 맛있네요. 왠지 어른스러운 맛이 나는 것 같아요."

유이카가 웃는 얼굴로 감상을 더했다.

"흐음, 이건 꽤……. 좀 특이한 향이 나는데."

독특한 풍미에 마오가 고개를 갸우뚱거렸고,

"아니……이 초콜릿, 혹시 술이 들어있는 거 아니에요?"

케이키가 의문을 표하자,

"어머, 이 초콜릿에 위스키 봉봉이라고 쓰여 있어."

사유키가 이상한 향의 정체를 입 밖으로 꺼냈다.

"위스키 봉봉이라니, 미성년자가 먹어도 괜찮은 건가요?"

"뭐, 괜찮겠지. 양과자에 브랜디가 들어가는 건 보통이니까. 이 정도로 취하진 않을 거야."

"그것도 그런가?"

술이 들어있다고는 해도 이건 과자.

일본 요리에도 술을 사용하니까 문제는 없겠지.

고급품이라 그런지 정말 맛있었기 때문에 멤버 전원이 차례차례 초콜릿을 입에 넣었고 알코올이 들어있는 양과자는 점점 줄어들었다.

"그러고 보니, 사유키 선배?"

"왜 그래, 케이키?"

"이제 와서 이런 말하는 것도 좀 그렇지만 왜 갑자기 합숙이라는 말을 꺼낸 거예요?"

"전날도 말했지만 서예부는 코가와 난죠, 그리고 미즈하도 더해져서 어엿한 동아리가 됐어. 부원이 늘어났기 때문에 합숙으로 단결력을 높일 필요가 있었지."

"확실히 그렇죠. —그래서 본심은?"

"이번 기회에 나의 펫으로서의 매력을 케이키에게 알려주고 싶어서."

"그럴 거라고 생각했어요."

요컨대 합숙을 이용해서 케이키를 공략하겠다고 계획한 거겠지.

"흐음? 마녀 선배는 아직 케이키 선배를 포기하지 않은 거군요."

"그건 코가도 마찬가지잖아?"

"당연하죠. 케이키 선배는 아무에게도 넘겨줄 생각 없으니까요."

"난 주인님도 노예도 될 생각이 없는데요."

그건 중요한 부분이었기 때문에 일단 주장해본다.

그렇게 사유키를 상대로 공격적인 자세를 보이던 유이카가 갑자기 입매를 풀었다.

"하지만 합숙을 기획해줘서 감사합니다. 이런 건 처음이라 굉장히 즐거웠어요."

"뭐, 뭐야, 갑자기……."

드물게 솔직한 유이카의 모습에 사유키가 멈칫했다.

"유이카가 말한 대로 나도 즐거웠어."

"그거야 난죠는 즐거웠겠지. 그만큼 나에게 이상한 포즈를 취하게 했으니까."

"아하하. 그건 여러 가지로 엄청났죠."

케이키의 부끄러운 모습을 떠올리며 유이카가 웃었다.

"미즈하는 어땠어?"

"—뭐?"

옆에 앉은 미즈하에게 묻자 그녀는 얼빠진 소리를 내며 무언가가 떠오른 듯 미소 지었다.

"아, 응. 나도 즐거웠어."

"……."

뭐지? 그녀의 미소에 어렴풋한 위화감이 들었다.

왠지 케이키에게는 이때의 미즈하가 무리해서 웃는 것처럼 보였다.

(기분 탓인가……?)

결국 그 위화감의 원인은 알지 못하고 끝났다.

그 이후에는 특별히 아무 일도 없었고 시간은 천천히 흘러갔다.

지금까지 몇 번인가 놀러 나오면서 속속들이 아는 사이가 된 멤버들은 이야기꽃을 피우고 있었다.

그리고 남은 초콜릿이 얼마 남지 않았을 무렵— 첫 이변이 시작되었다.

"……히끅……."

"미즈하?"

"에헤헤. 오빠……."

미즈하가 갑자기 오빠에게 기대며 어리광 부리는 목소리를 냈다.

"저기, 오빠? 머리 쓰다듬어줘. 집에서 하는 것처럼."

"뭐? 아니, 하지만 여긴 우리 집이 아니잖아……."

"안 돼?"

"윽……."

다른 여자들의 시선이 신경 쓰였지만 여동생이 어리광 부리는 데에는 정말 약했다.

"……뭐, 괜찮겠지. 자."

시스터 콤플렉스 취급은 늘 있는 일이라 미즈하의 요구대로 머리를 부드럽게 쓰다듬어 주었다.

"에헤헤."

여동생은 기분 좋은 듯 눈을 가늘게 뜨며 만족했다.

다른 사람들 앞인데도 전력을 다해 다정하게 노닥거리기 시작한 남매를 보고 마오가 반응했다.

"아, 그거 좋은데—. 나에게도 해줘."

"뭐? 무슨 말을 하는 거야? 난죠? 너, 그런 캐릭터 아니잖아."

"그런 캐릭터가 뭐야—? 나도 어리광 부리고 싶을 때 정도는 있거든?"

자신의 자리에서 일어나 미즈하의 반대편에 앉은 마오가 불쑥 머리를 내밀었다.

"자, 나도 쓰다듬어줘~?"

"뭐어?"

이 위화감은 뭘까?

미즈하는 둘째 치고 마오가 이런 식으로 기대온 적은 지금까지 단 한 번도 없었다.

게다가 이번은 그것으로 그치지 않았고—.

"그럼 마오 선배, 다음으론 유이카예요~."

"아니, 나야. 날 귀여워해줘~."

마오에 이어서 유이카와 사유키까지 그런 말을 꺼냈다.

그건 어딘가 혀가 잘 돌아가지 않는 것 같은, 둥실둥실 들뜬 말투였다.

"……저기, 다들 얼굴이 빨개진 것 같은데?"

무의식중에 테이블 위에 놓인 상자로 시선을 옮겼는데 그 많던 초콜릿이 이미 극히 조금밖에 남지 않은 상태였다.

케이키로서는 굉장히 안 좋은 예감이 들기 시작했다.

"설마 너희들……취한 거야?"

""""안 취했거든!""""

"이건 분명히 취한 거야!"

사유키가 가지고 온 위스키 봉봉에 의해 여자 전원이 몹시 취한 것 같았다.

과자라고 무시하지 말았어야지.

소량이라고 해도 알코올은 알코올. 취할 때는 취하게 된다.

"으음…… 키류, 쓰다듬어주지 않을 거면 팬티를 벗어줘."

"뭐야?!"

"둔감하긴. 팬티를 벗고 너의 남근을 묘사하게 해달라는 말이야."

"또 이 패턴?!"

알코올로 뺨이 달아오른 마오가 하반신으로 다가왔다.

"좋지 아니한가~ 좋지 아니한가~."

"싫어어어어어어어어어어어어어!!"

폭한에게 습격당한 소녀 같은 비명을 지르며 필사적으로 저항했지만 서서히 바지가 벗겨지고 있었고 낭떠러지에서 떨어진 것 같은 절망적인 기분에 시달렸다.

"잠깐만요, 마오 선배."

"유, 유이카?"

"케이키 선배의 팬티를 벗기고 싶으면 우선 마오 선배가 팬티를 줘야 해요."

"유이카, 무슨 말을 하는 거야?!"

"음음, 일리가 있는 말이야."

"너도 무슨 말을 하는 거야?!"

유이카의 문제적 발언에 진지한 얼굴로 고개를 끄덕이는 부녀자.

"그럼 차라리, 다 같이 팬티를 벗는 건 어때?"

"잠깐!!"

머리가 끓어오른다고밖에 생각할 수 없는 대화가 난비하는 가운데 사유키가 한층 더 강한 폭탄을 투하했다.

"마녀 선배, 나이스 아이디어예요! 케이키 선배는 여자들의 팬티를 아주 좋아하죠? 전에 유이카의 방에서 팬티를 뒤진 적도 있으니까."

"흐음—, 키류가 그렇게 여자의 팬티에 흥미가 있었어?"

"우후후. 케이키도 참, 정말 야하다니까."

"오빠가 그렇게 팬티를 사랑한다면 여동생으로서 벗을 수밖에 없겠네."

너무 장렬한 전개에 어리둥절한 표정으로 서 있는 남학생 앞에서 마오와 미즈하가 각자 반바지와 카고팬츠를 벗어던졌다.

치마를 입은 사유키나 원피스 차림의 유이카와 달리 그렇게 하지 않으면 팬티를 벗을 수 없기 때문이다.

"잠깐, 잠깐만!!"

저지의 목소리가 허무하게 그녀들은 일제히 자신의 속옷에 손을 내밀었다.

그리고— 주저 없이 자신들의 팬티를 벗겨냈다.

사유키의 팬티는 연한 핑크색이었고 유이카는 시원스러운 물빛.

마오는 어른스러운 보라색이었고 미즈하의 팬티는 우아한 녹색.

4명의 여자아이가 방금 벗은 팬티를 내밀며 부끄러운 듯하면서도 무언가를 기대하는 듯한 시선을 유일한 남자에게로 보냈다.

"—저기? 케이키는 누구의 팬티를 갖고 싶어?"

흑발의 상급생이 내뱉은 건 녹아내릴 것 같은 달콤한 목소리.

눈앞에 나열된 형형색색의 팬티. 다수의 여자들의 한 남자에게 자신의 팬티를 내민다는 너무나 현실과 동떨어진 광경.

그걸 눈앞에서 직접 본 케이키가 품게 되는 건 순수한 공포의 감정으로,

"난 어느 것도 고를 수 없어요……!"

본능적으로 위험을 감지한 초식계 남자는 그 자리에서 도주했다.

거실에서 도망친 케이키가 향한 곳은 건물 2층, 바로 앞에 있는 자신이 방이 아니라 가장 안쪽 침실이었다.

자신의 방에 숨어봤자 금방 발견될 거라고 판단했기 때문이다.

이곳은 사유키와 유이카에게 배정된 방.

어두운 실내에는 가방과 짐이 놓여 있었다. 침대 위에는 속옷 종류도 있었지만 거기에는 눈길도 주지 않고 쏜살같이 옷장 속으로 몸을 숨겼다.

그리고 그 자리에 웅크리고 앉아 숨을 죽였다.

"큰일이야……이 상황은 일찍이 경험한 적 없을 정도로 위험하다고 육감이 알려주고 있어."

알코올 때문에 지금 그녀들에게는 행동을 제어하기 위한

이성이 갖춰져 있지 않았다.

전원이 팬티를 벗어 내밀었다는 게 그 증거. 이성을 잃고 폭주한 그녀들에게 붙잡히면 어떤 지독한 일을 당하게 될지 알 수 없었다.

"으윽……왠지 나도 좀 어지러워."

알코올이 돌기 시작한 건지 뭔가 머리가 무거웠다.

처음 느끼는 감각이었지만 이건 별로 멋진 건 아닌 것 같았다.

"……그건 그렇고 굉장히 조용하네."

귀를 기울여봤지만 누군가가 쫓아오는 기색이 없었다.

혹시 완전히 취해서 잠들고 만 것일까?

그렇다면 그보다 좋은 일은 없겠지만…….

케이키가 살짝 열린 문틈으로 방 안 상태를 확인하려다

"—찾았다♪"

옷장 밖에 있던 여자아이와 눈이 마주쳤다.

"으아아아아아아아아아아아아아아아악!!"

"후후, 그렇게 무서워하지 않아도 되잖아요. 그런 귀여운 태도를 보이면 오히려 괴롭혀주고 싶어진다고요."

천사 같은 미소로 그런 말을 하는 금발소녀.

목적인 인물을 발견한 유이카가 기분 좋게 옷장을 열었다.

"이런 곳에 숨어 있었군요. 하지만 아쉽네요. 유이카에게 걸리면 선배를 찾는 것 정도는 간단하다고요."

말투가 평소보다 쾌활한 건 취했기 때문이겠지.

"자, 선배. 유이카의 팬티를 받아주세요."

"팬티는 필요 없어!"

"그래요? 그럼 이걸 줄게요."

팬티 대신 그녀가 꺼낸 건 이 상황을 만들어낸 원흉.

여자부원들을 폭주하게 만든 양주가 들어가 있는 초콜릿.

"이걸 먹으면 둥실둥실 기분이 좋아져요. 케이키 선배도 함께 기분 좋아지는 게 어때요?"

"이제 그건 먹으면 안 돼. 그 초콜릿은—."

"에잇."

"으읍······?!"

그건 눈을 크게 뜰 만큼 날쌘 솜씨였다. 위스키 봉봉의 위험성을 설명하려고 케이키가 입을 연 틈을 노리고 유이카가 초콜릿을 집어넣었다.

게다가 단숨에 두 개나.

순간적으로 뱉어내려고 했지만 그 입을 유이카가 손으로 막았다.

"으으읍?!"

"하하. 자, 천천히 맛보세요."

좁은 옷장 속에서는 저항도 하지 못했고 입 안의 초콜릿이 천천히 녹아내렸다.

달콤 쌉싸름한 초콜릿.

입을 막혀서 위스키의 향기가 한층 진하게 느껴졌고 마치 폭풍 속 배 위에 있는 것처럼 어질어질 세상이 흔들리기 시작했다.

"······아아, 이건 안 될 것 같아. 정말 곤란해······."

그 사고를 마지막으로 케이키의 의식은 완전히 끊어졌다.

◆

정신을 차렸을 때 키류 케이키는 코가 유이카를 침대에 쓰러뜨리고 있었다.

장소는 방금까지와 같은 침실. 불도 켜지 않은 방 안을 창문으로 들어오는 달빛만이 희미하게 비추고 있었다.

(······어라? 뭐지? 어째서 이런 상황이 된 거야?)

잘 기억나지 않지만 자신이 그녀를 안고 침대에 눕힌 것 같은 기분도 들었다.

(아아, 하지만, 머리가 아파서 잘 모르겠어······.)

머릿속에서 큰 종이 울리는 것 같은 지독한 두통이 생기고 사고가 어렴풋이 탁해져 있었다.

"······뭐, 하지만 그런 건 지금은 아무래도 괜찮겠지?"

애매한 기억이라거나 두통의 원인이라던가.

그런 사소한 일보다 눈앞의 여자아이가 더 신경 쓰였다.

흰색 원피스에 감싸인 가녀린 몸.

살짝 드러난 새하얀 어깨도 아직 어린 티가 남은 미모도 너풀거리고 부드러운 금색 머리칼도 보석 같은 푸른 눈동자도.

그녀를 구성하는 부분은 전부 최상품이라고 말할 수 있었다.

(다시 보니 유이카는 엄청 귀엽구나······.)

그녀는 술에서 깬 것인지

드러누운 그녀의 눈에 불안한 기색이 엿보이고 있었다.

"케이키······선배?"

이 전개에 이성이 쫓아가지 못하는 거겠지.

그 이름을 부르는 소리에 힘이 없었고 어딘가 멍한 표정으로 올려다보고 있었다.

"유이카 말이야, 오늘, 날 엄청 많이 놀렸지? ······아니, 오늘만이 아니지. 유이카는 팬티를 내 입에 쑤셔 넣고 가슴을 만지작거리게 하고, 노예 취급당하고, 내가 여러 가지로 힘든 일을 당했어."

─그래.

그녀의 성벽이 드러난 이후 케이키는 힘든 일을 당해야 했다.

지금까지 불만을 품은 적이 없었던 게 이상할 정도였다.

비참한 다수의 과거를 돌아보자 화가 나서 자신을 괴롭힌 후배를 빤히 노려보았다.

"생각해보면 가혹한 처사만 당한 것 같아. 역시 나도 화가 좀 난다고."

"아, 저기……죄송해요……."

유이카의 눈에 살며시 눈물이 번졌다. 갑자기 변한 상급생에게 겁을 먹고 있었다.

"반성하고 있다면 벌이 필요하겠지?"

"벌……?"

"늘 유이카가 말했잖아. ―나쁜 아이에겐 '체벌'을 해야한다고."

그렇게 말하며 미소를 짓던 케이키는 양손을 유이카의 작은 가슴에 내려놓았다.

침대로 밀어뜨린 여자아이의 그 부드러운 봉긋함에 자신의 의사로 접촉했다.

"잠깐, 선배?! 어딜 만지는―!"

"문답무용!"

"꺄악?!"

문답무용으로 작은 가슴을 주무르자 그녀는 귀여운 소리를 내뱉었다.

하지만 역시 도S의 여왕님이라고 말해야 할 것인가.

유이카는 지지 않겠다는 듯 입술을 앙다물고 매섭게 노려보았다.

"이, 이런 짓을 하고 용서받을 수 있을 것 같아요?"

"응? 하지만 유이카는 싫어하는 내 가슴을 억지로 만지작거렸잖아?"

"그, 그건…….”

아픈 곳을 찔려 말문이 막힌 모양이다.

그런 반응에 케이키는 히죽 입가를 일그러뜨리며 다시 집요하게 가슴을 주물렀다.

"아앙?! 으읏……읏! 으윽…… 케이키 선배를 취하게 해서 유이카 마음대로 하려고 했는데 어째서 이런 일이…… 아니, 케이키 선배는 너무 많이 취했어요!"

"안 취했거든요!"

"분명 취했어요!"

"그건 그렇고 꽤 작구나. 고등학생이나 돼서 부끄럽지 않아?"

"자, 작아서 미안하네요!"

"무슨 말을 하는 거야! 오히려 작아서 최고잖아!"

"대체 어느 쪽인 거예요?! ……윽, 부탁이니까 이제 그만 두세요!"

"그만두지 않을 거야!"

"최악이야! 지금 케이키 선배, 최악이에요!"

눈물을 글썽이는 여자아이의 부탁을 거절하고 탱글탱글한 탄력을 즐기며 오로지 그녀의 가슴을 주물러댔다.

(아앗, 왠지 즐거워졌어……!)

뭔가 터무니없는 짓을 하는 것 같긴 했지만 신경 쓰지 않기로 했다.

수치로 얼굴이 빨개져서는 소리를 높이지 않으려고 참고 있던 유이카도 드디어 한계였는지 입을 열었고 괴롭게 목을 떨었다.

"케, 케이키 선배…… 이, 이제 용서해주세요……!"

"그래. 좀 불쌍한 것 같으니까. ……그럼 이걸로 마지막."

"하앗……?"

가슴을 주무르던 손을 멈추고 서서히 자신의 얼굴을 가까이 대고 그녀의 새하얀 목덜미에 키스를 했다.

"꺄아아아아아아아아아아아아아악!!"

한층 더 큰 비명을 지르며 유이카가 작은 몸을 떨었다.

그대로 털썩 침대에 길게 누워 움직이지 않게 되었다.

"정신을 잃은 건가……."

아직 여러 가지로 미성숙한 유이카에겐 자극이 너무 강했을지도 모른다.

"하지만 뭔가 굉장히 개운해졌어!"

가슴을 한창 주무를 때의 반응이 너무 귀여워서 그만큼 불타오르던 분노는 어딘가로 사라지고 없었다.

기분이 둥실둥실 고양돼서 지금이라면 뭐든 할 수 있을 것 같았다.

"큭큭큭…… 지금이야. 다른 녀석들에게도 복수할까? 유이카처럼 부끄럽게 만들면 나에게 더 이상 대들지 않겠지."

케이키에게 걸린 위스키 봉봉의 마법은 아직 풀리지 않았다.

평소라면 절대로 하지 않을 말을 지껄이고 있는 게 그 증거였다.

여자의 가슴을 주무르고 싶어서 주물렀고 참지도 않았다.

술의 힘에 의해 여러 가지 족쇄가 풀린 위험인물이 여기 있었다.

이성을 잃은 야수가 다음 사냥감을 바라며 이동하려던 그때.

문이 천천히 열리고 이마에 손을 댄 사유키가 방으로 들어왔다.

"······으윽, 왠지 머리가 굉장히 아파."

"아, 사유키 선배."

"꺄악?! ······케. 케이키? 왜 케이키가 이 방에 있는 거야?"

"케이키는 어디나 있죠. ―그래요, 마치 밤하늘에 떠 있는 저 달처럼!"

"미안해. 무슨 말인지 잘 모르겠어."

술에 취해 하는 허튼 소리에 냉정하게 태클을 거는 걸 보면 아무래도 그녀는 정신을 차린 것 같았다.

"선배는 술에서 깬 것 같네요."

"으응, 정신을 차려보니 복도에 쓰러져 있었어. ······의식을 잃기 전에 뭔가 터무니없는 짓을 저지른 것 같은 기분이 들지만 기억이 잘 안 나."

잠시 고민하던 사유키였지만 이윽고 기억해내는 건 포기한 것인지 흥미의 대상을 침대에서 잠든 유이카에게로 옮겼다.

　"코가는 잠든 것 같네."

　"네에. 선배가 오기 조금 전에 잠들었어요."

　"이런 시간에 둘이서 뭘 한 거야? ……호, 혹시 그런 짓? 아무에게도 말할 수 없는 음란한 짓이라던가? ……아아, 하지만 그럴 리가 없지. 케이키에게 그런 주변머리가 있었다면 이미 —."

　"했어요."

　"뭐?"

　"했어요. 유이카와 그런 음란한 짓을 충분히."

　"뭐어?"

　"그리고— 저의 다음 사냥감은 사유키 선배예요."

　당황하는 사유키의 어깨를 붙잡고 그대로 침대에 그녀를 눕혔다.

　"케이키……?"

　후배의 분위기가 평소와 다르다는 걸 겨우 눈치 챈 건지 그녀는 불안한 눈동자로 자신을 쓰러뜨린 남자아이를 바라보았다.

　케이키의 눈에 비친 건 보는 사람 모두를 매료시키는 그녀의 미모.

　시트 위에 펼쳐진 흑발과 눈처럼 새하얀 피부.

남성이라면 누구나가 넋을 잃을 것 같은, 여성이라면 누구나가 부러워할 것 같은 완벽한 몸매.

　(이렇게 보면 정말 아름다운 사람이야…….)

　지근거리에서 바라보자 그녀는 부끄러운 듯 뺨을 붉게 물들였다.

　그런 행동은 솔직히 귀엽다고 생각했지만 사유키도 유이카처럼 아쉬운 부분이 너무 많았다.

　"생각해보면 사유키 선배에게 꽤 휘둘렸네요. 수갑 열쇠를 가슴골에 떨어뜨리고, 데이트에 노팬티로 찾아오고, 나의 사각 팬티를 훔쳐서 멋대로 입고……."

　"내가 생각해봐도 여러 가지로 저질러 버린 것 같네."

　"하지만 사유키 선배가 범한 가장 큰 죄는 따로 있어요."

　"가장 큰 죄?"

　"그 가슴이에요! 선배의 큰 가슴이 날 매혹시켜요! 선배가 그런 멋진 걸 매달고 있기 때문에 다른 멤버들이 날 냉담하게 보는 거라고요!"

　"그건 케이키가 가슴만 보기 때문이잖아?!"

　"문답무용! 지금부터 선배에게 벌을 주겠어요!"

　"어, 어쩔 생각이야……?"

　"글쎄요……그러고 보니, 우리 여름 축제날 밤에 키스했죠?"

　"뭐어?!"

갑자기 여름 축제에서의 일을 언급하자 깜짝 놀라 몸을 떠는 사유키.

"아……음……그, 그렇지. 그런 일도 있었던 것 같은데."

"내가 아닌 사람과 그런 경험이 있나요?"

"어, 없어……뭐, 잘못됐어?"

"그럼 선배에겐 이게 두 번째가 되겠네요."

"뭐?"

생각할 틈도 주지 않고 케이키는 그녀의 입술에 자신의 그것을 내리눌렀다.

"으읍……?!"

갑자기 입술을 빼앗긴 사유키가 놀라서 눈을 크게 떴다.

저항하려고 하는 건지 그녀가 살짝 몸을 움직였지만 물론 용납되지 않았다.

입술을 맞닿고 달라붙어 원하는 만큼 유린했다.

"흐……흐……읏……?!"

단속적으로 새어나오는 한숨 소리를 즐기면서 그저 오로지 키스를 했다.

그러자 그녀의 눈이 충혈 되었다.

어떻게든 밀어내려고 케이키의 가슴에 대고 있던 그녀의 양손은 서서히 힘을 잃어갔고 머지않아 완전히 저항할 수 없게 되었다.

"……하웃……."

몇 분 후, 그저 키스를 계속 당하고 있던 사유키는 침대 위에 축 늘어졌다.

땀이 맺힌 목덜미가 굉장히 야했다.

뺨을 상기시키고 촉촉한 한숨을 내쉬는 상급생을 내려다보며 케이키는 만족스럽게 웃었다.

"큭큭큭……체벌 완료!"

반쯤 다 죽어가는 글래머 미녀를 방치해두고 일어났다.

"그럼 마지막으로 난죠구나. 그 녀석이 멋대로 BL 만화 모델을 시키고 부끄러운 포즈를 강요하면서 호되게 괴롭혔으니까. 만화 안에선 여지없이 엉덩이에 육봉을 찔러 넣었지. 난죠의 엉덩이에도 두껍고 단단한 막대기를 넣어주겠어!"

기분 좋게 터무니없는 말을 지껄이는 주정뱅이.

폭주하는 야수를 멈추게 할 수 있는 사람은 여기 없었다.

후배의 가슴을 주무르고 선배의 입술을 유린한 남자에게 무서운 것 따위 아무것도 없었다.

"……어, 어라……?"

신세계의 문을 열기 위해 발을 내딛은 순간 맹렬한 현기증이 그를 덮쳤다.

빙글빙글 세계가 일그러지고 발밑이 굉장히 흔들리는 듯한 감각.

도저히 서 있을 수 없어서 케이키는 그대로 바닥에 쓰러졌다.

◇

케이키가 정신을 차렸을 때 그곳은 차가운 바닥이었다.

몸을 일으켜 보니 2개가 놓인 침대 위에 각각 유이카와 사유키가 잠들어 있었고 여기가 그녀들의 방이라는 걸 알 수 있었다.

"……나, 왜 이런 곳에서 잠든 거지?"

어두운 방 안에서 고개를 갸우뚱거리며 탁상시계를 보니 시각은 오전 0시를 지나고 있었다.

"다 같이 초콜릿을 먹고 그리고……으음."

그 이후의 기억이 없었다. 왜 자신이 이 방에서 잠들어 있는 건지 알 수가 없었다.

"……으응, 케이키……그 이상은……그 이상은 안 돼……."

"이 사람은 어떤 꿈을 꾸고 있는 거야……?"

사유키가 요염한 목소리로 수상한 잠꼬대를 하고 있었지만 아마도 도M의 망상력이 발휘된 쓸데없는 꿈이라고 생각했기 때문에 깊이 생각하지 않기로 했다.

"왠지 머리도 욱신거리고……바람이나 쐬러 갈까?"

방을 나와 계단을 내려와 아무도 없는 거실에서 발코니로 나갔다.

그를 맞이한 건 바닷물 냄새가 나는 바람.

그리고 천상의 캠퍼스에 그려진 아름다운 밤하늘이었다.

"멀리 나온 보람이 있었네."

도시에서는 좀처럼 볼 수 없는 아주 맑은 밤하늘.

같은 세계에 살고 있어도 사는 장소가 다르면 보이는 하늘도 다르다.

당연한 것인데 이렇게 체험하지 않으면 깨닫지 못하는 것도 있었다.

"—어라? 키류잖아."

"응?"

누군가의 목소리에 뒤를 돌아보자 밤색 머리칼을 늘어뜨린 마오가 서 있었다.

"뭐야— 난죠도 나온 거야?"

"응. 눈이 떠져서."

셔츠에 반바지라는 편안한 차림으로 그녀가 옆에 나란히 섰다.

"초콜릿을 먹은 이후의 기억이 없어. 정신을 차려보니 침대에서 자고 있더라고."

"우연이네. 나도 그 근처부터 기억이 없는데."

"키류도?"

"으응. ……하지만 왠지 모르게 떠올리지 않는 게 나을 것 같아."

"아— 나도 왠지 그런 기분이 들어……."

왠지 모르겠지만 기억을 되찾는다 해도 아무도 행복해지

지 않을 것 같아서.

"그건 그렇고 설마 서예부에서 합숙을 할 줄은 몰랐어."

"확실히. 문화부에는 합숙하는 이미지가 없잖아."

"애초에 서예분데 글자를 쓰는 건 부장뿐이고. 난 만화를 그리고 있으니까."

"만화라고 하니까 생각나는데, 소녀만화는 잘 되고 있어?"

"뭐. 여름방학 중에 몇 번인가 네임을 수정해서 겨우 OK를 받았어. 지금은 잡지게재용 원고를 그리고 있고."

"오오, 굉장하다. 잡지에 실리면 나도 살게."

"너무 성급하다니까. 게재된다고 해도 단편이니까."

"단편이라고 해도 굉장한 건 굉장한 거야."

"……너무 칭찬하면 쑥스러우니까 그만해."

동인 세계에서 인기가 있는 마오에게 소녀만화 편집자가 찾아와 잡지에 단편 만화를 그리지 않겠냐는 권유를 했다.

여름방학에는 만화 소재를 모으기 위해 케이키와 취재 데이트를 했고 그 이후 꾸준히 노력을 한 거겠지.

고등학생으로 잡지에 만화가 게재되는 건 솔직히 굉장하다고 생각했다.

"……고마워."

"응? 뭐가?"

"키류에게는 감사하고 있어. 여기까지 올 수 있었던 것도 키류가 협력해줬기 때문이고."

"협력이라니, 난 취재에 같이 동행한 것뿐인데."

"그렇긴 하지만 그건 키류였기 때문에 의미가 있어."

"무슨 의미야?"

"후후, 무슨 의미일까?"

어린애 같은 말투로 말하며 그녀는 웃었고 늘어뜨린 머리를 바람에 휘날리며 케이키 쪽으로 몸을 돌렸다.

"이건 만약인데……."

"응?"

"키류는 혹시 내가 부녀자를 관둔다면 어떨 것 같아?"

"뭐?"

"남자끼리의 야한 만화 그리는 건 관두고 평범한 여자가 되면 그러면—."

꽉 쥔 손을 가슴에 대고 마오는 결심한 듯 내뱉었다.

"날 좋아해 줄 거야?"

그건 어떤 의미를 포함한 말일까?

합숙날 밤. 별이 반짝거리는 밤하늘 아래에서 둘만의 발코니.

더없이 로맨틱한 상황만으로도 '사랑의 고백'을 연상하게 되지만 케이키는 지금까지의 경험으로 그 가능성을 가장 먼저 배제했다.

미즈하처럼 자신에게 호의를 갖고 있는 여자아이가 몇 명이나 있을 것 같진 않았다.

복수의 여자아이가 동시에 접근하다니 그런 만화 같은 전개는 있을 수 없잖아.

그렇다면 여기선 고백하지 않는다는 전제로 무난하게 대답해두는 게 정답이었다.

"저기…… 날 모델로 BL 만화를 그리지 않게 된다면 그거야 좋은 일이고, 지금보다 난죠와 더 친해질 수 있을지도 몰라."

"……그런 의미가 아닌데."

노골적으로 어깨를 축 늘어뜨린 마오.

작게 한숨을 쉬며 '난 꽤 노력했는데……'라고 중얼거렸다.

"그럼 무슨 의미였어?"

"으음……."

그 질문에 마오는 기분이 나쁜 듯 입술을 삐죽거렸다.

그리고 꽉 쥔 주먹을 케이키의 가슴에 탁 대면서,

"스스로 생각해봐! 바보!"

혀를 쏙 내밀고는 별장 안으로 뛰어 들어갔다.

남겨진 남학생은 어리둥절한 표정으로 그 모습을 배웅했다.

"……뭐였지?"

몇 번이나 떠올려봤지만 이성의 마음을 이해하는 건 어려웠다.

"직접 생각해보라고 해도, 전혀 모르겠는데……. 애초에 '좋아해 줄 거야?'라니 뭐야? 그럼 마치—."

마치— 좋아해달라고 하는 것 같은 말투잖아.

"……설마."

자기 머릿속에서 펼쳐지는 상상을 떨쳐냈다.

"하지만 만약 난죠나 서예부 모두가 평범한 여자아이가 된다면……."

동경하던 선배가, 솔직하고 귀여운 후배가, 아주 친한 동급생이, 배려심 많은 여동생이, 특수한 취향을 가진 그녀들이 만약 평범한 여자가 된다면—.

(그렇게 된다면 난 4명 중 누군가를 사랑하게 될까……?)

……아니, 그런 걸 생각해봤자 별 수 없잖아.

애초에 그 중증 변태 소녀들이 제대로 된 여자아이로 변신할 수 있을 것 같지 않았다.

"……방에 돌아가서 다시 잘까?"

바깥 공기를 쐰 덕분인지 두통도 꽤 가라앉은 것 같았다.

마지막으로 힐끔 바다를 바라본 뒤 케이키는 발코니를 뒤로 했다.

모래사장에서 비치발리볼을 하고 노는 여자부원들의 모습을 떠올리면서.

"······응?"

심야 2시가 지났을 무렵. 삐그덕 삐그덕 무언가가 삐걱거리는 소리가 들려서 케이키는 눈을 떴다.

달빛이 비치는 방의 평소와 다른 천정을 보며 이곳이 코하루의 별장이라는 걸 기억해냈다.

다시 삐그덕 소리가 들리고 그게 침대가 삐걱거리는 소리라는 걸 깨달았을 때 케이키의 복부에 부드러운 무게감이 느껴졌다.

"―오빠."

"미즈하······?"

거기 있는 건 새하얀 와이셔츠만 걸친 선정적인 모습의 여동생.

그녀는 골똘히 생각하는 듯한 표정으로 오빠 위에 올라탔다.

"어떻게 된 거야? 이런 시간에?"

"······."

그 질문에는 대답하지 않고 미즈하는 와이셔츠의 단추에 손을 대고 천천히 풀었다.

하나.

또 하나.

그 두 개를 풀었을 때 눈부신 가슴골이 드러났다.

"미, 미즈하?! 뭐 하는 거야?!"

"난 이제 못 참겠어⋯⋯."

"뭐?"

"난 오빠가 다른 여자랑 친하게 지내고 있으면 가슴이 아파."

또 하나의 단추가 풀렸다.

하지만 본래 거기 있어야 할 속옷 선이 보이지 않았다.

이 시점에서 그녀가 브래지어를 착용하지 않았다는 것이 증명되었다.

그리고 아마 팬티조차도⋯⋯.

"사실은 서예부에 들어올 생각 따위 없었어. 입부하면 오빠가 다른 여자랑 친하게 지내는 모습을 보게 될 거라는 걸 알고 있었으니까."

"그럼 왜⋯⋯?"

"그거야 당연히 오빠를 아무에게도 넘겨주고 싶지 않았으니까."

4번째 단추를 풀자 새하얀 복부가 드러났다.

"왜냐하면 난— 오빠를 좋아하니까."

호소하듯이 자신의 마음을 드러내고 마지막 단추를 푼 그녀는 주저 없이 와이셔츠를 벗어던졌다.

"아앗⋯⋯?!"

시야에 들어온 건 속옷조차 걸치지 않은 태어난 그대로인 소녀의 모습.

달빛에 비치는 그 피부는 믿을 수 없을 정도로 아름다웠고 신비적인 느낌조차 드는 이성의 몸에 머리가 어지러웠다.

"……이거 봐. 응? 봐줘, 오빠? 나만을 봐줘."

실오라기 하나 걸치지 않은 모습으로 미즈하가 몸을 앞으로 쑥 내밀었다.

그런 짓을 하면 좋든 싫든 풍만한 가슴이 강조될 수밖에 없었고 눈앞에서 출렁출렁 흔들리는 매혹적인 과실에 자신도 모르게 코피가 흐를 것 같았다.

"저기, 역시 이건 그냥 넘길 수 없을 것 같은데……!"

"어째서? 나와 오빠는 친남매가 아니니까 아무런 문제도 없잖아?"

울먹이는 말투로 주장하며 그녀는 그대로 오빠를 끌어안았다.

"으아아아아아악?!"

알몸의 여자아이에게 끌어 안겼다.

당연히 이성의 부드러운 몸이 직접적으로 전해져왔다.

이건 여러 가지로 경험이 부족한 동정남에겐 너무 자극적인 체험이다보니 본능에 따라 자기주장을 하기 시작한 '주니어'를 케이키는 필사적으로 억눌렀다.

"……오빠."

서로의 한숨이 섞이는 거리에서 그녀는 뺨을 붉게 물들이고 어리광 부리듯 오빠를 불렀다.

여자아이가 이런 시간에 방에 찾아와서 남자 앞에서 알몸이 되었다.

그녀가 뭘 기대하고 있는지 아무리 둔감한 남자라고 해도 역시 알 수 있었다.

키류 미즈하는 매력적인 여자아이였다.

미인에다 상냥하고 게다가 숨은 글래머라는 멋진 옵션까지 갖추고 있었다.

평범한 남자라면 이런 식으로 다가오면 단번에 넘어가겠지.

솔직히 '이대로 이 상황에 휩쓸려도 괜찮지 않을까?'라는 생각도 했던 케이키였지만 가까스로 남아 있던 양심이 그 선택을 단념하게 만들었다.

"아, 안 돼, 미즈하……!"

"뭐가 안 된다는 건데?"

"의붓남매라고 해도 남매인 데다 애초에 사귀는 것도 아니잖아. 이런 건 연인끼리 해야 하는 일이니까 저기—."

"……저기, 오빠?"

애매한 태도를 취하는 오빠의 말을 막으며,

미즈하는 애처로운 뺨을 한층 더 빨갛게 물들이며 오빠의 귓가에 얼굴을 기댔다.

"우리……할래?"

"으아아아아아악!!"

그에게 투하된 건 금세기 최대 규모의 폭탄발언.

미즈하가 가한 반칙 급의 일격은 케이키의 이성을 산산이 부서뜨렸다.

(큰일이야!! 방금 그 말에 나의 주니어가 완전히 임전태세로……!!)

안 그래도 피가 섞이지 않았다고 판명된 이후 그녀를 반 정도는 '여자'로 의식하게 됐는데. 알몸의 이성에게 끌어 안겨 귓가에서 달콤한 유혹을 속삭인다면 이렇게 되는 것도 당연한 일.

문제는 단숨에 변명할 수 없는 상황에 몰렸다는 것.

이만큼 밀착한 미즈하가 오빠의 다리 사이의 중대사를 눈치 채지 못할 리가 없었다.

귀여운 여동생이 기분 좋은 목소리로 '오빠, 커졌어'라고 말한다면 이성이라는 이름의 방위선은 완전히 붕괴되겠지.

그렇게 되면 자신을 멈출 자신이 없었다.

이대로면 정말 여동생과 첫 체험을 끝내게 될 것이다.

"잠깐만, 미즈하! 나는—!!"

거의 남지 않은 양심을 쥐어짜서 마지막 설득을 시도하려는데—.

"……새근……새근……."

"……어라?"

정신을 차려보니 미즈하는 전원이 끊어진 것처럼 잠에 빠져 있었다.

몸을 오빠에게 맡기고 천사 같은 천진난만한 표정으로 규칙적인 숨소리를 내고 있었다.

"이 녀석, 정말 편안하게 잠들었네. ……게다가 왠지 살짝 술 냄새가……?"

그녀의 한숨에서 희미하게 느껴지는 위스키 향기.

그러고 보니 어젯밤에는 미즈하도 양주가 든 초콜릿을 꽤 먹었다.

갑자기 잠에 빠진 건 초콜릿 속의 알코올 영향이겠지.

어쩌면 미즈하가 이 방에 찾아온 자체가 술 때문에 판단력을 잃은 것이 원인일지도 모른다.

"……하아, 일단 살았네……."

긴장의 끈이 끊어진 순간 안도의 한숨이 새어나왔다.

"오빠가 다른 여자랑 친하게 지내면 가슴이 아프다고……?"

거실에서 느낀 그녀의 미소에 대한 위화감. 그 정체를 알게 된 것 같았다.

이번 합숙 중 미즈하는 서예부 여자아이들과 친하게 지내는 케이키를 보고 질투를 하고 있었던 것이다.

부실에서 빈번하게 브래지어를 얼핏 보여주고 치마를 걷어 보여준 것도 자신만을 봐달라는 마음의 표현일지도 모른다.

"그렇게 생각하면 미즈하가 굉장히 귀엽게 느껴져……."

잠든 그녀의 머리를 부드럽게 쓰다듬었다.

지금처럼 억지로 다가오는 건 곤란하지만 이렇게까지 직구로 호의를 표현하는 것도 나쁘지 않았다.

"그럼 이 아이를 어떻게 할까……?"

알몸의 여자아이를 이대로 놔둘 수 없겠지.

뭔가 옷을 입히고 그녀 방에 옮기지 않으면 안 된다.

어쨌든 이런 상황을 누군가에게 들키면 큰일이──.

"……케이키?"

"……케이키 선배?"

──큰일이 생겼습니다.

미즈하에게만 정신이 팔려 있었기 때문이겠지.

어느 샌가 방 문이 열려져 있었고 방 안에 두 명의 소녀가 서 있었으며 그녀들이 부를 때까지 케이키는 눈치 채지 못했다.

손님의 정체는 사유키와 유이카.

두 사람의 표정은 일제히 굳어져 있었고 케이키에게 보내는 시선은 얼음처럼 차가웠다.

"그래서 우리에게 넘어오지 않은 거구나. 케이키의 진심은 여동생에게 있었던 거야……."

"시스터 콤플렉스라곤 생각했지만 이 정도일 줄은 몰랐어요……."

"잠깐, 아니야!! 오해라고!"

"뭐가 오해라는 거야? 알몸의 여동생과 침대에서 끌어안고 있던 오빠 씨?"

"……아."

고개를 내리자 거기에는 오빠를 끌어안고 잠든 알몸의 여동생이.

"아까는 유이카에게 그런 짓까지 해놓고서……최악이에요."

"그런 짓이라니, 무슨 짓?!"

"마, 말할 수 있을 리가 없잖아요!"

뭘 상상한 건지 유이카가 뺨을 새빨갛게 물들이고 소리쳤다.

"나도 케이키에게 그런 짓을 당했는데……."

"그런 짓이라니 그건 또 무슨 짓인가요?!"

"마, 말할 수 있을 리가 없잖아!"

"내가 정말 무슨 짓을 한 거야!!"

유이카에 이어 사유키도 얼굴을 새빨갛게 물들이고 케이키를 노려보았다.

기억나지 않는 정보가 난비하는 것이 신경 쓰였지만 그것보다 중요한 건 이 위기를 어떻게 극복하는 가였다.

(진정해……우선 진정하고 상황을 정리해보자.)

지금은 심야. 여기는 코하루의 호의로 빌린 별장 침실.

거기서 케이키가 뭘 하고 있었냐 하면 침대 위에서 전라의 여동생과 밀착하고 있었다.

"……어라? 이건 절체절명이잖아?"

조심스럽게 말해 완전히 아웃.

특히 '전라의 여동생' 부분이 위험했다.

귀여운 엉덩이를 아낌없이 드러내고 엎드린 상태로 오빠에게 몸을 기대고 있는 알몸의 소녀.

그런 남매의 모습을 목격한 사유키와 유이카 두 사람이 어떤 착각을 하고 있는지 상상하기 어렵지 않았다.

어떤 변명도 통용되지 않는 레벨의 상황증거에 케이키의 뺨으로 서늘한 땀이 흘러내렸다.

지금부터 시작되는 건 변호인 부재의 재판.

여동생에게 끌어안긴 상황에서 도망치지도 못하고 이때까지 없었던 인생의 위기에 떨고 있는 피고인 앞에 두 명의 재판관이 다가왔다.

"자, 케이키 선배?"

"납득할 수 있게 설명해볼래?"

후기

※스포일러가 포함되어 있으니 본편을 읽지 않으신 분들은 주의해 주십시오.

이제 '귀여우면 변태라도 좋아해주실 수 있나요?' 4권입니다.

이번 4권은 완전히 미즈하 편이었네요.

지금까지 출연이 적었던 만큼 4권에서는 이래도 되나 싶을 정도로 자주 등장했습니다.

표지를 장식한 것만으로는 성이 차지 않아 컬러 페이지를 2장이나 독점하고 전부 다 요염하고 귀여운 일러스트라는 최고의 방법. 정말 여동생으로 최선을 다한 한 권이었습니다.

이야기에 대해서는, 유일한 오아시스라고 생각했던 미즈하가 드디어 변태라는 게 판명되었습니다.

뭐, 러브레터에 팬티가 첨부되어 있었다는 시점에서 짐작하셨겠지만.

타이틀로 봐서도 피할 수 없는 운명이었다고 생각합니다.

오빠에게 여동생이 입을 속옷을 고르게 하고, 알몸에 앞치마 차림으로 요리를 하고, 미즈하도 상당히 그런 느낌으로 완성되고 있는데 케이키는 앞으로도 많이 노력해야 할 것 같습니다.

참고로 미즈하가 숨겨진 글래머라는 건 저의 취향이었습니다.

옷 위로는 잘 알 수 없지만 실은 꽤 크다는 멋진 설정. 얌전한 여자아이가 벗으면 굉장하다는 건 남자의 로망이라고 생각합니다. (개인적인 의견입니다.)

그리고 sune 선생님이 그려주신 미즈하가 너무 귀여웠어요.

가슴의 모양이나 가슴골을 그린 그림체가 너무 절묘해서 식식거리고 말았습니다. 이번에도 멋진 가슴을 그려주셔서 감사합니다.

그리고 이번 4권에서 '변태 좋아'는 마침내 1주년을 맞이했습니다.

이렇게 계속 이어질 수 있게 된 것도 '변태 좋아'를 읽어주시는 여러분들 덕분입니다. 정말 감사합니다.

최근에는 다키마쿠라나 가슴 마우스패드 발매가 결정되는 등 굿즈 전개도 많아졌습니다.

또한 코미컬라이즈도 시작되었고 월간 드래곤 에이지에서 연재 중이니 꼭 그쪽도 지켜봐 주세요.

신데렐라의 정체와 성벽이 밝혀지고 러브레터에 얽힌 이야기에 매듭이 지어졌기 때문에 다음 권에서는 새로운 내용에 들어갈 예정입니다. 이번에 잠깐 등장한 새로운 캐릭터를 가진 소녀도 관련되어 있으니 그녀의 활약도 즐겨주신다면 기쁠 것 같습니다.

그럼 다음 5권에서 만나요.

하나마 토모

KAWAIKEREBA HENTAI DEMO SUKI NI NATTE KUREMASUKA? Vol.4
©Tomo Hanama 2018
First published in Japan in 2018 by KADOKAWA CORPORATION, Tokyo.
Korean translation rights arranged with KADOKAWA CORPORATION, Tokyo.

귀여우면 변태라도 좋아해주실 수 있나요? 4

2018년 12월 14일 1판 1쇄 발행
2020년 3월 31일 1판 2쇄 발행

저　　자 하나마 토모
일 러 스 트 sune
옮 긴 이 심희정
발 행 인 유재옥
본 부 장 조병권
담당편집자 정영길
편 집 1 팀 정영길 김민지 조찬희
편 집 2 팀 김다솜 이본느
편 집 3 팀 오준영 김효연
미　　술 강혜린 박은정
라이츠담당 김슬비 한주원
디 지 털 박상섭 박지혜 이성호
발 행 처 ㈜소미미디어
제 작 처 코리아피앤피
등　　록 제2015-000008호
주　　소 서울시 마포구 토정로222, 403호(신수동, 한국출판콘텐츠센터)
판　　매 ㈜소미미디어
마 케 팅 한민지 권지수
전　　화 편집부 (070)4164-3962, 3963 기획실 (02)567-3388
　　　　　판매 및 마케팅 (070)4165-6888, Fax (02)322-7665

ISBN 979-11-6389-000-3 04830
ISBN 979-11-6190-647-8 (세트)